KB094878

SOKIN 장편소설
FUSION FANTASTIC STORY

코더
이용호

코더 이용호 5

SOKIN 장편소설

초판 1쇄 찍은 날 § 2017년 5월 22일
초판 1쇄 펴낸 날 § 2017년 5월 29일

지은이 § SOKIN
펴낸이 § 서경석

편집책임 § 김경민

펴낸곳 § 도서출판 청어람
등록번호 § 제387-1999-000006호
등록일자 § 1999. 5. 31
어람번호 § 제1-2700호

주소 § 경기도 부천시 부일로 483번길 40 서경B/D 3F (우) 14640
전화 § 032-656-4452   팩스 § 032-656-4453
http://www.chungeoram.com
E-mail § chungeorambook@daum.net

ⓒ SOKIN, 2017

ISBN 979-11-04-91339-6 04810
ISBN 979-11-04-91134-7 (세트)

※ 파본은 구입하신 서점에서 교환하여 드립니다.
※ 저자와 협의하여 인지를 붙이지 않습니다.
※ 이 책은 도서출판 청어람과 저작자의 계약에 의해 출판된 것이므로,
   무단 전재 및 유포·공유를 금합니다.

6

SOKIN 장편소설

FUSION FANTASTIC STORY

코더
이용흐

청어람

Contents

코더
이용호

Chapter 1

시작에 불과하다

용호가 소셜 네트워크에 올린 글도, 신세기 그룹에서 온 쪽지들도 모두 시작에 불과했다.

쪽지가 올 때마다 용호는 답장식으로 하나씩 글을 올렸다. 이미 신세기 그룹과 관련된 계정은 모두 폐쇄되었다. 글을 올린 곳은 본인 계정이었다. 이미 신세기 그룹의 계정보다 팔로워가 많아진 상태였다. 그렇게 몇 차례 진행되자 신세기에서도 알아차렸다.

답장이 이거구나.

대단히 순화된 표현이지만 요지는 같았다. 쪽지가 도착할 때마다 마치 답장처럼 올라오는 140자의 글.

비록 신세기 그룹 관련 계정은 모두 폐쇄되었지만 k—coder 라는 닉네임을 가진 계정의 인기는 늘어만 갔다.

팔로워는 10만을 넘어 20만, 30만을 넘보고 있었다. 그중에 는 용호는 욕하는 프로그래머도 있었다.

너 때문에 퇴근을 못 한다. ××!

용호가 올린 버그들은 하나같이 사이트 운영에 치명적인 것 들뿐이었다. 당장 영업을 하기 위해서는 바로 수정되어야만 했 다. 그렇지 않다면 방법은 하나.

$./shutdown.

사이트를 전부 내리는 수밖에 없었다. 그렇게 된다면 그 순 간 온라인 영업은 멈추는 것이다.

신세기 몰을 운영하는 거대 기업 신세기가 용호라는 개인에 게 무릎을 꿇는 꼴이 되는 것이다.

점점 회사 내부에서도 불만 어린 목소리가 새어 나왔다.

"오늘 야근하라는 말 들었어? 아, 진짜 더러워서 때려치우든 지 해야지."

"도무지 끝날 기미가 안 보이네."

동료의 푸념에 남자가 손에 들고 있던 커피를 한 모금 마셨 다.

"k—coder 그놈은 도대체 누구야? 막을 방법이 없나?"

"계정을 폐쇄해 달라고 요청을 하는 것 같기는 한데 쉽지는 않은가봐."

"하긴 뭐, 해킹을 하는 것도, 허위 사실을 유포하는 것도 아니니……."

화를 내던 남자가 이제는 자조적인 투로 변해 있었다.

k—coder라는 사람이 너무나 쉽게 발견하는 버그들을 자신들은 여태 모르고 있었다.

하나같이 사이트 운영에 막대한 지장을 주는 버그들, 쉬이 넘어가기 힘들었다. k—coder가 글을 올리는 순간 비상 상황이 가동되고 전 인력이 해당 버그를 수정하기 위해 투입된다.

한 사람에게 개발팀의 전 인력이 휘둘리고 있었다.

"도대체 어떻게 그런 버그들을 찾아내는 거지? 이상하지 않냐? 혹시 우리 사이트가 해킹당하고 있는 거 아냐?"

남자는 아무리 생각해 봐도 이해가 되지 않았다. 자신들도 찾아내기 힘든 케이스들을 어떻게 그리 쉽게 찾아낸단 말인가. 가장 쉽게 생각할 수 있는 방법이 해킹이었다.

"그러니까 말이야. 보안팀에서는 이상이 없다고만 하니."

"혹시 우리 보안팀보다 실력이 좋은 해커라면?"

"그럴 수도 있겠지. 그런데 만약 정말 그런 거라면……."

"그런 거라면 아마 GG 쳐야 되지 않을까?"

GG

Good Game.

스타크래프트라는 게임을 해본 사람들이라면 알 것이다. 상대방에게 패배했음을 시인할 때 쓰는 단어다. 30대 개발자들이었기에 쓸 수 있는 단어였다.

＊　　　＊　　　＊

나대방도 모르고 있었다. 회사에서 온 연락을 받아보니 휴가가 2주나 늘어나 있었다.

"형님, 휴가를 늘렸다면서요?"

"그래."

"왜요? 뭔 일 있으세요?"

"곧 너희들이 도와줘야 할 일이 있을 것 같아."

용호는 나대방만을 보고 있지 않았다. 주변을 한 번 쭉 훑어보았다. 제임스와 카스퍼스키도 자리해 있었다. 차가운 표정의 카스퍼스키가 물었다.

"무슨 도움?"

"같이 일 하나를 해줬으면 해서. 물론 일한 만큼의 대가는 지급할 거야. 이를테면 파트타임 잡이라고 하면 될까?"

"네가 하는 거라면 나도 한다."

제임스가 가장 먼저 찬성했다. 용호가 조용히 고개를 끄덕였다.

"저야 형님이 하겠다면 당연히 해야죠."

마지막으로 카스퍼스키가 남았다. 용호도 카스퍼스키를 설득하기가 가장 어려울 것이라 생각했다.

그러나 결과는 무척 의외였다.

"나도 하지, 갚아야 할 빚도 있고."

"오케이."

이제 인력 풀도 완성되었다. 신세기와의 공방에서 다음 수를 놓을 차례였다.

또다시 버그를 만들 수 있는 패턴이 인터넷으로 올라왔다. 그 순간 전 개발자들이 해당 버그 패턴을 확인하고 수정에 들어갔다.

그러나 그리 만만한 일은 아니었다. 수정하고 수정해도 버그는 커져만 갔다.

사이드 이펙트.

이곳을 수정하면 저곳에서 다른 에러가 발생했다. 사이드 이펙트는 지금 당장 땜질식 버그 막기 코딩에서 더욱 많이 발생한다.

지금이 딱 그 상황.

버그가 버그를 낳고 있었다.

"…휴우, 정말 이렇게 해도 되는 걸까?"

신세기 개발자들의 푸념.

k—coder가 올려놓은 버그를 해결하고 나서도 집에 갈 수가 없었다. 그 버그를 해결하고 나면 다른 쪽에서 버그가 발생했다. 사이트의 운영을 지속하는 것 자체가 위태위태한 상황.

"정말 사이트 문을 닫아야 하는 거 아닌가 모르겠네."

내부에서도 작지만 선명한 목소리가 새어 나왔다. 잠시 사이트 문을 닫아야 한다. 그렇지 않으면 문제는 결코 해결되지 않을 것이다.

k—coder가 올린 게시물에 또 다른 댓글이 달리기 전까지는.

계정명은 FixBugs.

어느 날 갑자기 나타난 FixBugs가 k—coder의 계정에 댓글을 달았다.

해당 문제를 해결하는 방법은 간단합니다. 꼭 저희가 올린 게시물의 내용에 대해서만 수정해야 합니다. 그렇지 않으면 사이드 이펙트가 발생하게 될 겁니다.

댓글을 확인한 한 개발자가 그대로 문제를 적용해 보았다.

결과는 성공적.

회사 내에 고무적인 분위기가 형성되었다.

"구매팀, 알아보셨습니까?"

"네. 살펴보니 한 달도 안 된 신생 법인이었습니다."

FixBugs는 법인 계정이었다. 신세기에서 알아본 바에 의하면 만들어진 지 한 달도 되지 않은 신생 법인, 그리 믿음직스럽지가 않았다.

"한 달이라… 근래 유행하고 있는 스타트업 같은 건가 보죠?"

"맞습니다. 헌팅 버그라는 오픈 소스를 기반으로 소프트웨어의 버그를 해결하는 B2B(Business to Business) 대상 솔루션을 제공하는 업체로 보입니다."

"그러면 최대한 빨리 우리 일을 맡기는 게 낫지 않습니까."

"그런데 그쪽에서 대금으로 일억을 요구하고 있어서……."

"일억이면… 과도하긴 하지만 위에서도 허락해 줄 겁니다."

"그게……."

구매팀 담당자가 말을 하지 못하고 우물쭈물거렸다. 한시가 급한 상황, 보고를 받던 임원이 버럭 소리를 질렀다.

"확실하게 말을 하세요!"

"총 네 명이 투입돼야 하는데 인당 일억을 요구하고 있습니다. 거기에 그쪽 회사의 솔루션 제공 비용 일억까지 해서 총 오억을 대금으로 제시하고 있는 상황입니다."

"오억?"

임원이 어이가 없다는 듯 중얼거렸다.

KOSA(Korea Software Industry Association)라는 이름을 가진 단체가 있다.

한국명 한국 소프트웨어 산업 협회.

협회에서는 경력을 인정해 주고 경력에 따라 개발자의 등급을 나눈다.

초급, 중급, 고급, 특급.

그리고 이러한 등급에 따라 단가도 이미 정해져 있었다.

초급 400만 원, 중급 500만 원, 고급 600만 원.

이른바 m/m(men/month) 한 달에 드는 단가였다. 이렇게 정해진 단가는 기업들이 SI프로젝트를 발주할 때 사용하는 일종의 지표가 되어버렸다.

오억이면 고급 인력 10명을 거의 10개월 동안 부릴 수 있는 비용이다. 임원이 난색을 표한 이유였다.

FixBugs.

용호가 설립한 주식회사의 이름이었다. 이미 Vdec에 적을 두고 있는 용호로서는 회사의 대표가 될 수는 없었다.

그래서 아버지를 대표로 내세워 자본금 오천만 원짜리 회사를 하나 설립했다.

법무사를 중간에 끼고 진행하니, 그리 어려운 일도 아니었다. 어차피 아버지에게도 소일거리가 필요했기에 일석이조였다.

신세기에서 온 전화를 끊은 아버지가 용호를 보며 물었다.

"저, 정말 이렇게 해도 괜찮은 거냐?"

용호의 아버지가 떨리는 목소리로 물었다. 경비원을 하며 받은 월급이 백만 원이었다. 그전까지도 평생 일억이라는 돈을 만져보지도, 모아보지도 못했다.

그저 어렵게만 살아왔다.

"괜찮아요, 아버지. 걱정 마세요."

그러나 용호는 달랐다. 현재 Vdec에서 받고 있는 연봉만 억

소리가 넘어갔다. 상금으로 탄 금액은 그보다도 많았다. 일억, 이억이 작은 돈은 아니지만 환상의 세계에나 존재하는 형체가 아니었다.

"미국 생활 하더니… 우리 아들이 달라지긴 했구나."

여유 있는 용호의 모습에 아버지가 자랑스러운 듯 바라보았다. 그러나 용호는 다른 생각에 빠져 있었다.

'수락할 것인가, 거부할 것인가. 주사위는 던져졌다.'

만약 거부한다면 신세기 몰은 영영 영업을 하지 못하게 될 것이다.

아직 자신에게 남아 있는 버그는 수두룩했다. 그리고 컴퓨터 화면으로 보이는 신세기 몰에서는 버그가 미친 듯이 올라오고 있었다.

"그래서? 정체는 파악이 안 된다?"

"네… 죄송합니다."

"FixBugs는 정말 믿을 만하긴 한 건가?"

"k—coder가 올린 버그에 대해 정확한 해결법을 제시하고 있답니다. 개발팀에서는 무조건 FixBugs의 솔루션을 구매해 달라 하는 상황입니다."

"……."

정진훈이 생각에 잠겼다. 버그를 올리는 k—coder라는 존재는 파악이 안 되고, FixBugs는 상식 밖의 대금을 요청하는 상황이었다.

한 번이 두 번 되는 법이다. 이렇게 계속 외부에 의존하다가 자사의 IT 능력은 바닥으로 떨어지는 것이다.

"이번만은 일단 FixBugs의 솔루션을 구매하는 것이 어떨까요. 한 번 사용해 보고 괜찮다 싶으면 나중에는 해당 법인을 구매하는 방법도 있지 않겠습니까."

물론 그런 방법도 있다. FixBugs를 고사시킨 후에 손을 내미는 방법도 존재했다.

이미 정단비가 만든 reco도 손을 써서 매출을 0원으로 만들어둔 상황이다.

"부회장님, k—coder가 버그를 또 올렸다고 합니다. FixBugs에서는 더 이상 자사의 솔루션을 무료로 제공할 수 없다고 합니다……"

"…흠."

"현재 k—coder가 올린 버그 패턴 때문에 회사에 발생한 피해액만 10억이 넘어가고 있습니다."

남자가 다시 한번 금액을 강조하며 보고했다. 혹시나 정진훈이 허락하지 않을까 전전긍긍해하는 표정이었다. 정진훈이 아무 말 없이 가만히 있자 결재판을 들고 온 남자가 다시금 말을 이었다.

"부, 부회장님……."

간절한 목소리, 시간이 지날수록 회사만 손해였다. 앞으로 얼마만큼의 더 큰 손해가 발생할지 몰랐다. 정진훈이 장고 끝에 결정을 내렸다.

"그래, 일단 구매해. 그리고 이번 신세기 차세대 시스템 관련 임원들 모두 소집해. 문제가 발생했으면 책임질 사람이 있어야지."

정진훈이 안광을 번뜩였다. 마치 날카로운 비수가 눈에서 쏘아지는 듯했다.

신세기의 연락이 FixBugs 사무실에도 도착했다. 이미 사무실에는 일행들이 모두 모여 있었다.

"이번 일 끝나면 인당 한 칠만 불 정도가 돌아가게 될 거야. 원래 계약금은 십만 불이었지만 계약 과정에 들어간 비용도 있으니까."

"칠만 불이면 칠천만 원 아닙니까?"

나대방이 놀란 듯 소리쳤다.

"그래, 내 예상에는 길어도 3주? 더 걸리면 한 달?"

"하, 한 달에 칠천만 원이요?"

카스퍼스키와 제임스도 놀란 듯 움찔거렸다. 가만히 고개를 끄덕인 용호가 말을 이었다.

"그래, 방금 계약하자는 전화 왔으니까 이제 가볼까?"

"그, 그러시죠."

각자 자신의 손에 들린 노트북을 집어 들었다. 이미 이 일을 위해 최고급 노트북 4대를 구매해 놓았다.

인텔사에서 나온 최신형 CPU인 6세대 스카이 레이크에 램이 16기가, SSD 하드까지 장착된 노트북이었다.

"가자."

용호도 자신의 옆에 놓인 노트북 가방을 들었다.

이제 시작하는 거다.

'그래, 이건 시작에 불과하다.'

아무도 모르게 용호가 중얼거렸다.

*　　　　*　　　　*

"사장 나와!"

신세기 본사가 시끄러웠다. 안내 데스크를 담당하고 있는 여자가 어찌할 바를 모르고 있었다.

"내가 결제를 한 게 언젠데 아직까지 배송도 안 되고 말이야. 고객센터 새끼들은 전화도 안 받고 내가 지금까지 신세기몰에서 결제한 금액만 해도 얼마인지 알기나 해!"

50대는 넘어 보이는 남자가 목에 핏대를 세우며 떠들어댔다. 애꿎은 안내 데스크 여자에게 계속해서 삿대질을 해댔다.

"죄송합니다, 고객님. 잠시만 기다려 주시면 담당하시는 분이 자세한 사정을 설명해 드릴 겁니다."

안내 데스크는 대응 매뉴얼대로 같은 말을 반복하는 수밖에 없었다. 그런 반응이 고객을 더욱 열받게 만들었다.

"나는 모르겠고, 사장 나오라 그래! 내가 지금까지 받은 정신적인 피해 보상까지 다 받아야겠어."

고래고래 소리를 지르는 고객에게 경비팀과 VOC 해결을 담당하는 직원이 함께 나와 제지시켰다. 그러나 정말 사장이 나오기 전까지 결코 물러서지 않겠다는 듯 악다구니를 써댔다.

'난리가 났구나.'

계약을 하기 위해 건물로 들어서던 용호도 그 모습을 똑똑히 지켜보았다.

이미 계약 조건에 대한 제반 사항은 사전에 협의가 끝나 있었다. 유선상으로 모두 조율이 된 상황이었다. 서로 간에 계약서를 확인하고 도장만 찍으면 되는 것이다.

계약의 열쇠는 FixBugs라는 법인이 가지고 있었기 때문에 더욱 빠르게 일이 진행되었다.

계약서를 쓰는 동시에 일을 진행하기로 했기 때문에 용호는 함께 일할 동료들을 이미 일 층 카페에 대기시켜 두었다.

계약서에 사인을 하던 임원이 용호를 보며 고개를 갸웃거렸다.

"혹시 전에 우리 회사에 근무한 적이 있습니까?"

"아……."

임원의 말에 용호의 아버지가 자랑스럽다는 듯 말을 하려 했다. 그런 아버지를 용호가 제지했다. 어차피 알게 될 것이기에 굳이 거짓을 말할 것도 없지만 지금 여기서 사실을 밝힐 필요도 없었다.

"옛날에 잠깐 뭐……."

용호가 대충 얼버무렸다. 임원도 깊이 생각하는 눈치는 아니었다. 용호라는 이름이 크게 특이한 것도 아니었기에 더했다.

"전해주신 이력서는 개발팀에 전달해 놓았습니다. 손석호 수석을 찾아가시면 될 겁니다."

"네."

용호가 의미심장하게 웃으며 대답했다.

형식적인 신세기 PM의 바로 밑에 있는 것이 손석호였다. 신세기 PM이 하는 일은 일정 관리와 윗선에 대한 보고밖에 없었다. 그 밑에서 인력 관리와 개발에 관련된 제반 사항을 담당하는 것이 손석호였다.

그리고 손석호의 손에 4장의 이력서가 들어왔다. 처음에는 이게 뭔가 했다. 갑자기 나타난 FixBugs, 그리고 그 회사에서 파견 나왔다는 네 명.

더구나 이력서 중 한 장은 자신이 너무나 잘 아는 인물이었다. 여전히 어리둥절한 표정으로 앞에 앉아 있는 용호와 금발의 미남, 근육질의 남자 두 명을 바라보았다.

"이게 도대체……."

"길어야 한 달이면 끝날 겁니다. 너무 깊게 생각하지 않으셔도 됩니다."

손석호도 용호의 실력을 충분히 알고 있었다. 사실 자신을 만나러 왔을 때 도움을 요청할까 몇 번을 고민했다. 하지만 끝내 그러지 못했다.

이곳이 얼마나 지옥인지 충분히 알고 있기에, 그 지옥 속으로 용호까지 끌어들이고 싶지 않았다.

"저희가 함께한 시간이 얼만데 얼굴만 봐도 딱!"

호기롭게 말하는 용호를 손석호는 그저 보고만 있을 뿐이었다.

고마웠다.

또 고마웠다.

"고, 고맙다."

"저희 사이에 고맙기는 뭘요. 이거 끝내면 확실히 소송도 끝난다는 확약이나 받아놓으세요."

용호가 자신 있게 말했다. 용호의 자신감에는 일말의 허세나 자만도 없었다.

신세기 프로젝트와의 계약에 용호가 나타났다는 사실이 정단비의 귀에까지 들어갔다. 아무리 신세기를 나왔다고는 하지만 회장의 피붙이였다.

그녀에게 정보를 전달해 주는 사람 한둘쯤은 있었다.

"용호가 신세기에 들어갔다고?"

"네. 그렇다고 합니다. 더구나 FixBugs라는 법인 소속이라고 하더군요."

"……."

"용호라는 사람이 손석호를 많이 생각하나 봅니다. 지금 신세기 자체에서도 차세대를 접어야 한다는 말까지 나오고 있는 상황에서… 자진해서 일을 하겠다고 들어가다니……."

손석호가 말한 지옥이라는 표현은 결코 과장이 아니었다. 지옥보다 더한 표현이 없다는 것이 아쉬운 상태였다.

"FixBugs라… 용호 씨가 특히 버그를 잘 잡기는 했지."

정단비가 과거를 추억하며 말했다. 여러 가지 사건들 중 가장 기억에 남는 건 부산 프리미엄 아웃렛에서 일어난 사건이었다.

"맞아, 그랬었지. 처음부터 내 밑에 있을 사람이 아니었던 거야."

정단비가 씁쓸한 듯 중얼거렸다.

"상황이 안 좋기야 하지만 용호 씨가 투입된다면……"

신세기 차세대 프로젝트는 망했다. 그러나 용호가 투입된다면 어찌 될지 몰랐다.

정단비도 이제는 알고 있다.

*　　　*　　　*

누군가가 베푸는 선의가 누군가에게는 곤란함을 낳았다.

"오빠, 이러기야?"

"나도 정말, 진짜, 너와 시간을 보내고 싶은데……."

"한국에 온 게 얼마만인데 여기까지 와서도 일해야 한다니! 지금 말이 되는 소리냐고!"

최혜진이 단단히 화가 난 듯 보였다. 덩치 큰 나대방이 최혜진 앞에서는 꼼짝도 하지 못했다.

"진짜 내 잘못이 아냐, 다 용호, 그래, 용호 형님 때문이야."

"으이구……."

최혜진이 할 수 없다는 듯 화를 누그러뜨렸다. 그 모습에 나대방이 쐐기를 박기 위함인지 슬며시 몸을 기대며 최혜진을 안았다.

"우리 진짜 오랜만에 만났다, 그렇지?"

"…그, 그렇지."

나대방의 덩치에 비하면 최혜진은 아기 새. 아기 새가 가느다랗게 몸을 떨었다.

"저어엉말 오랜만에 만났어."

"……."

최혜진이 부끄러운 듯 얼굴을 붉히며 아무 말도 하지 못했다. 그 모습에 나대방은 화색이 되어 최혜진을 실은 채 차를 출발시켰다.

그게 바로 어제 있었던 일이다. 꿈같은 하룻밤이 지나고 정신을 차려보니 어느새 전쟁터에 와 있었다.

"반품이 안 된다고 VOC(고객의 목소리) 들어왔으니까. 빨리 확인해 봐."

누군가 소리치자 또 다른 누군가가 받아쳤다.

"지금 다중 상품 결제가 안 되는 거부터 처리하고 있어요."

"그거 말고 당장 VOC 들어온 것부터 처리해!"

고성과 간간이 욕설이 뒤섞여 있었다.

'그래, 이게 대한민국 IT지. 그동안 미국 물을 너무 먹었어.'

나대방이 보기에는 한마디로 '난장판'이었다. 그리고 그 난장판 한가운데 나대방이 앉아 있었다.

탁.

등 뒤에서 용호가 나대방의 어깨를 두드리며 나타났다. 잠시간 상념에 잠겨 있던 나대방도 생각에서 깨어났다.

"어때, 자신 있지?"

"그런데… 정말 잘될까요?"

나대방이 걱정스러운 듯 물었다. 그러나 용호에게는 그런 걱정스러운 기색이 전혀 없었다.

오히려 자신에 넘치는 모습이었다.

"안 돼도 다 생각이 있으니까 걱정하지 말고."

"알겠습니다."

나대방은 용호를 믿는다는 듯 고개를 끄덕거렸다.

"내가 사전에 브리핑해 준 대로만 해."

"네."

계약 하루 전 용호는 인력들을 모두 모아 놓고 몇 시간에 걸쳐 사전 준비 시간을 가졌다.

"지금부터 해야 할 일을 자세하게 알려 줄 테니까 잘 듣고 숙지해."

그 뒤로 용호는 버그 창으로 보이는 해결법들을 나대방과 카스퍼스키, 제임스에게 설명해 나갔다.

SI 개발이라는 것은 컴퓨터 실력만 있다고 해서 되지 않는다.

세계 최고의 실력을 가진 개발자라고 해도 영업에 관한 지식이 없으면 ERP 구축을 할 수 없다.

구매 과정에서 일어나는 무수한 체크 사항에 대한 사전 지식이 있어야 해당 프로그램이 제대로 개발되었는지 확인할 수 있는 것이다.

그러나 용호는 그 모든 것을 깡그리 무시하고 있었다.

"그런데 정말 이렇게 하면 되는 거냐?"

카스퍼스키도 그러한 사실을 알고 있었다. 지금 하려고 하는 것은 자신의 생각대로 프로그램을 만드는 일이 아니다. 신세기에서 원하는 프로그램을 만들어야 하는 것이다. 그렇다면 신세기라는 고객의 생각을 알아야 했다.

용호는 그 과정을 무시했다.

"그래."

"어떻게? 마치 너는 네가 소스를 모두 알고 있는 것처럼 말하고 있어. 이게 말이 된다고 생각해?"

"헌팅 버그. 내가 올린 오픈 소스다. 그걸 사용하면 가능하지."

"아무리 그렇다고 해도, 서버에서 도는 서블릿의 소스까지 알아낼 수 있다고?"

움찔.

정확하게 핵심을 찌르고 들어오는 카스퍼스키의 말에 용호

도 순간 당황했다. 그러나 이미 대답은 충분히 되었다. 너무나
도 방대한 컴퓨터 세상에 누구나 모르는 건 한두 가지쯤 있는
법, 몰라도 되는 것도 몇 가지 있을 수 있었다.

"그건 영업 기밀이다."

사전 설명은 이 정도면 충분했다.

일주일이 지나자 사이트는 눈에 띄게 진정되었다. 간간이 올
라오는 k—coder의 버그 리포트는 이제 볼 필요도 없었다.

어차피 자문자답.

용호는 k—coder라는 닉네임으로 인터넷에 버그 리포트를
올리기 바로 하루 전 해당 버그를 해결해 두었다.

—k—coder 님. ㅠㅠ

—이제 안 되나 보네요. 결국 이렇게 #신세기빅엿은 막을
내리나.

—#FixBugs 누구냐, 너!! 왜 남의 쇼핑을 방해하는 거야!

인터넷에서 나타나는 사람들의 반응은 현실에서도 일어났
다. FixBugs가 하는 일에 대한 신뢰도가 올라간 것이다. 그건
용호의 이름도 한몫했다.

이미 과거 신세기에서 이름을 한 번 날렸었다. 그때를 기억
하는 사람들이 남아 있었던 것이다.

지쳐가던 손석호의 안색도 활력을 띠기 시작했다.

"정말 볼 때마다 놀랍구나."

"뭐, 그냥 하다 보니… 미국에서도 많이 배웠고요."

"그래, 확실히 많이 배웠어. 여유도 생겼고."

손석호도 용호의 아버지와 같은 말을 했다. 지난 시간을 결코 허투루 보내지 않았음을 용호는 다시금 느낄 수 있었다.

"그나저나 슬슬 끝이 보이네요."

용호가 손에 들고 있던 초콜릿을 하나 까먹으며 말했다. 일주일 후에 있을 품질 관리팀 검수가 마지막이다. 그것만 통과되면 손석호도 자유, 용호도 마지막 잔금까지 받게 되는 것이다.

"그래. 이제 일주일, 겨우 일주일이 남았구나."

손석호가 그간의 회한이 몰려오는지 눈가를 적시며 말했다. 긴 시간이었다. 그 시간에 종지부를 찍을 때가 다가오는 중이었다.

"정말이지?"

"네."

도대체 믿기지가 않는다는 듯 몇 번이고 다시 물었다. 그러나 돌아오는 대답은 한결같았다.

"정말 아무 문제가 없다고?"

"네. 그렇다니까요."

대답을 하는 남자도 답답하다는 듯 소리쳤다. 품질 관리팀에서 보내온 검수 결과서를 손에 든 신세기 PM은 문서를 보면서도 믿지 못하는 눈치였다.

"이럴 수가 없는데… 이래서는 안 되는데……."

혼자서 중얼거리는 말이 이상했다. 분명 문제가 없으면 회사에 좋은 일이다. 그러나 한편으로는 그래서는 안 된다, 라고 말하고 있었다.

"완벽합니다. 건드릴 건더기도 없어요."

〈신세기 차세대 프로젝트 검수 결과서〉

종합 결과: 합.

별첨 1. 신세기 차세대 프로젝트 검수 의견.

상기 건에 대한 테스트 결과 단 한 건의 오류도 발생하지 않았음.

오류가 발생하지 않았다는 점에서 오히려 문제 발생 소지가 있음.

품질 검수 팀원들의 윤리 경영 위반 혐의에 대한 조사가 필요할 것으로 사료됨.

오히려 자사의 직원들을 의심하는 상황이 발생하고 있는 중이었다.

*   *   *

이미 소스는 수정될 때마다 실시간으로 반영되고 있었다. 검수라는 절차는 계약상의 단계일 뿐이다.

모든 계약을 마무리 짓고 본 계약이 정당한 절차와 결과를 가진 채 끝난다는 근거였다.

그 근거가 마련되었다.

끝.

정말 끝이었다.

"끝났네요."

용호가 먼저 손석호에게 손을 내밀었다. 내민 손을 굳세게 붙잡고 손석호가 조그맣게 고개를 끄덕였다. 아무 말도 하지 않는 손석호를 보며 용호가 말을 이었다.

"당분간은 쉬실 생각이신가요?"

"그래, 그래야지."

손석호도 스스로의 몸 상태를 느끼고 있었다. 건강에 적신 호가 켜진 지 한참이 지났다.

이대로 무시하다가는 사고가 난다. 위태롭게 버티는 중이었다.

"소송도 마무리되신 거죠?"

용호가 다시 한번 확인차 물었다. 혹시나 중간에 말이 바뀌지는 않았을까 걱정되었다.

만약 그렇다면, 정말 그렇다면 신세기는 온라인 세상과는 단절될 것이다.

끄덕.

손석호가 고개를 끄덕였다.

이걸로 다 되었다.

"그럼, 쉬고 계세요. 저도 미국으로 갔다가 한국으로 다시 들어올 겁니다. 오래 걸리지는 않을 거예요."

"FixBugs? 그걸 하려고?"

"네."

군이 이야기하지 않았지만 곧 둘이 다시 함께하리라는 것을 손석호도 알고, 용호도 알았다. 그러고는 처음부터 존재하지 않았던 것처럼 함께 온 네 명과 사무실을 떠나갔다.

사무실을 떠나는 건 용호만이 아니었다.

"아시는 분이었나 봐요?"

"훌륭하게 성장했지, 자네처럼."

"별말씀을요. 이제 일도 마무리된 것 같으니 저도 가보겠습니다."

"수고했네."

그렇게 한 사람이 사무실을 떠나갔다. 뒤이어 또 다른 남자가 다가왔다.

"수석님, 저도 가보겠습니다."

"그래, 고생했어."

고마움의 표시로 한 사람씩 포옹했다. 남자들끼리의 포옹, 그러나 그리 어색해 보이지 않았다.

하나같이 정규직이 아닌 사람들이다. 프리랜서로 들어와 있던 사람들이 자리에서 일어났다. 그러고는 손석호에게 다가와 인사했다.

"…저도……"

"저도……."

그렇게 손석호에게 다가와 인사를 하는 프리랜서만 열 명이 넘었다. 그렇게 함께 고생해 준 개발자들에게 손석호는 한결같이 따뜻하게 인사했다.

"혹시나 그동안 내가 일을 진행하며 소리를 높이거나, 자네의 감정을 상하게 한 일이 있다면 용서해 주게."

"아닙니다. 그 정도야 뭐, 수석님이 도와주신 거에 비하면 아무것도 아닙니다.

손석호는 마지막 한 사람까지 정성스레 마중했다. 계약 조건에 따라 움직이는 프리랜서들이 손석호라는 사람을 보고 이곳에 들어와 있던 것이다.

그것도 이제 오늘로서 끝이었다.

'나도 이제 가야지.'

마지막까지 남아 있던 손석호도 자리에서 일어났다.

일은 마무리되었고, 계약은 끝났다. 당분간은 쉬어야겠다는 생각이 간절했다.

"일이 마무리되었다고?"

"네. 품질 관리팀에서도 아무 이상 없다고 합니다."

"업체에서 연락은?"

"k—coder 계정이 누구 것인지 알려줄 수 없다고 합니다."

타닥. 타닥.

정진훈이 버릇처럼 손가락으로 리듬을 탔다. 비서는 그나마 다행이라 생각했다. 리듬을 탄다는 건 그리 기분이 상하지는 않았다는 일종의 표시였다.

"이거 정말 해킹이라도 해야 하나."

"그것도 쉽지 않은 게… 회사 보안팀에 따르면 워낙 관련 준비가 철저히 된 기업이라……."

탁.

정진훈이 리듬을 멈추었다.

"쉽지 않겠지. 쉽지 않아……. 이참에 물갈이 좀 해야겠어. 쉽지 않은 걸 쉽게 할 수 있는 사람들로 말이야. 나가서 기획실장 들어오라고 해."

"알겠습니다."

대답을 마친 비서가 고개를 숙이고 사무실을 나갔다.

전화를 끊은 정단비는 묘한 안도의 한숨을 내쉬었다. 그러면서도 한편으로는 불만족스러워 보였다.

'정말 이렇게 될 줄이야…….'

채 한 달도 되지 않아 신세기 차세대 시스템이 안정화에 접어들었다. 오류는 없었고 불같이 들끓던 고객들의 불만도 언제 그랬냐는 듯 사그라졌다.

모두가 FixBugs.

용호가 해낸 일이었다.

'이제는 놀랍지도 않구나.'

어느새 이런 기적 같은 일들이 당연하게 여겨졌다. 용호가 한다고 하면 기대가 생겼다.

이제는 기대가 아니라 '당연히 되겠지'라는 인정이 생겼다.

'협업을 할 수 있는 방안이라도 찾아봐야겠어.'

생각을 마친 정단비도 기획실장을 찾았다.

"허지훈 실장님!"

정단비가 목소리를 높여 허지훈을 불렀다.

*   *   *

500,000,000원

일을 끝내고 법인 계좌를 인터넷 뱅킹으로 확인해 보니 찍혀 있는 금액이었다.

'일단 애들한테 7천만 원 씩을 송금하고.'

동료들에게 일전에 이야기한 대로 보수를 송금했다. 자신의 통장으로도 칠천만 원을 송금하고 나니 2억 2천만 원이 남았다.

'이건 법인 운영비로 남겨놔야겠지.'

2억 2천만 원 정도면 충분할 것 같았다. 아버지의 월급으로는 생활비 조로 백만 원가량을 책정해 놓았다. 나머지 돈은 다시 돌아왔을 때 회사를 운영할 초기 자본이 되리라.

배분을 끝낸 용호가 다시 부모님을 찾았다.

"다시 미국으로 돌아가야 할 것 같아요. 휴가도 이미 끝났고요."

어머니가 용호의 손을 꼭 잡았다. 이역만리 타국에 나가 얼마나 고생했을지 보지 않아도 알 것 같았다.

아버지도 내색은 하지 않았지만 아쉬운 듯 먼 산을 바라보셨다.

"곧 다시 올게요."

이미 휴가는 끝나 있었다. 제프에게 다시 이야기하여 겨우 일주일을 연장시켰다. 일이 마무리되는 대로 바로 미국으로 돌아가야 했다.

"가야지, 그럼 가야 하고말고."

용호에 대한 아쉬움을 애써 감추며 아버지가 말했다.

"가면 언제 다시 올 거냐? 그냥 한국에서 일하면 안 되는 거냐?"

"당연히 해도 되죠. 곧 다시 올 거예요. 하던 일만 마무리하고 바로 돌아올게요."

용호가 담담하게 말했다.

"……"

두 분은 그저 조용히 고개를 끄덕이는 것으로 대답을 대신했다.

묵직한 음성, 근엄한 표정. 나대방은 전혀 변함이 없는 아버지의 모습에 안심했다.

"마냥 놀지만은 않았구나."

이미 다 알고 있는 듯했다.

옛날부터 그랬다. 자신이 무엇을 하고 다니는지 굳이 말하지 않아도 아버지는 모두 알고 있었다. 이번에도 그랬다.

"열심히 살고 있습니다."

"알고 있다."

"이번에 들어가면 또 언제 나올지 몰라요."

"……."

"몸 건강하세요."

나대방이 침착한 목소리로 안부 인사를 전했다.

어린 시절 나대방에게 아버지는 '잠을 자러 오는 사람'이었다. 집에 들어와 잠을 자고는 바로 나갔다.

학교를 다니고 성장을 해서는 '용돈을 주는 사람'이었다.

감정적 교류를 할 시간은 없었다. 단 한 번도 '아버지'라 부른 적도 없었다. 이번에도 마찬가지였다.

항상 주어나 목적어는 생략된 채 대화가 진행되었다. 나대방의 아버지 나선기 의원은 눈을 감는 것으로 대답을 대신했다.

'아들아, 몸 건강히 잘 다녀와라.'

그 간단한 몇 마디가 입에서 나오지 않았다. 그 아들에 그 아버지였다.

삭막한 대화는 집에서 충분했다. 바깥에서까지 건조한 말투로 생생하게 뛰고 있는 마음을 메마른 땅으로 만들고 싶지 않았다.

"최대한 빨리 오도록 할게요."

"히잉……."

최혜진의 토라진 표정에 나대방이 어찌할 바를 몰라 했다. 토라져 고개를 푹 숙이고 있는 최혜진의 볼에 나대방이 손을 가져다 댔다.

자신의 거친 손이 혹시나 최혜진의 고운 얼굴에 생채기라도 낼까 쓰다듬는 손길에서 조심스러움이 느껴졌다.

"눈치를 보니 용호 형님도 곧 한국으로 돌아올 것 같아."

"내가 한 번 말해볼까? 빨리 돌아오라고?"

나대방이 귀엽다는 듯 너털웃음을 터뜨렸다.

"형님이 네 이야기를 듣기라도 하고?"

"하긴……."

최혜진이 다시 고개를 떨궜다. 그럴 때마다 나대방의 마음도 위아래로 출렁거렸다.

"길지 않을 거야. 그때……."

나대방의 뒷말은 너무나 작아 누구에게도 잘 들리지 않았다. 최혜진도 겨우 정신을 집중해서야 이야기를 들었다. 그리고 이야기를 들은 최혜진의 안색이 순식간에 환해졌다. 조그마한 입을 오물거려 말을 하려는 최혜진을 나대방이 막았다.

"잠깐. 대답은 나중에 돌아와서 들을게."

쪽.

말을 하려던 최혜진이 대답 대신 나대방의 볼에 살짝 입술을 가져다 댔다. 숨쉬기가 힘들었다. 심장이 녹아내리는 것 같았다. 마치 전신에 심장이 달린 듯 온몸이 쿵쾅거렸다.

연락 한 번 하는 게 이렇게 힘든 일인지 예전에는 알지 못했다. 언제나 그곳에 있었고, 굳이 연락하지 않아도 만날 수 있었다. 따로 시간을 낼 필요도 없었다.

그저 그곳에 있었기에 만남은 당연한 것이었다.

지금은 아니다.

"후우……."

용호가 다시 한번 심호흡을 하며 호흡을 가다듬었다. 한 손에 들고 있는 핸드폰에는 강성규라는 이름 세 글자가 떠 있었다. 벌써 연락을 안 한 게 몇 년이다. 그저 그런 친구였다면 굳이 연락할 생각도 하지 않았으리라.

그러나 강성규는 달랐다. 마음의 빚이 아직 남아 있었다.

"하아… 그래, 하자. 해."

다시금 마음을 가다듬고 있는 용호를 보다 못했는지 옆에 있던 카스퍼스키가 나섰다.

대학 선배―강성규.
전화를 거는 중…….

"야!"

용호가 고함을 질렀다. 카스퍼스키가 통화 버튼을 눌러 버렸다.

"시끄러워."

용호는 더 이상 카스퍼스키를 상대할 수도 없었다. 어느새 통화는 연결이 되어버렸고 반대편에서 오랜만에 듣는 강성규의 목소리가 수화기를 통해 들려왔다.

전화번호도 바뀌었기에 강성규는 용호가 누군지 알아듣지 못했다. 목소리도 잊었는지 이름을 말하고 나서야 겨우 눈치챈 듯했다.

그는 여전히 같은 회사를 다녔고, 다시 KO 통신사에 투입되어 있었다. 만나기로 한 날도 야근을 해야 한다기에 용호가 강성규의 근무지로 찾아갔다. 강성규는 약속 시간을 조금 넘은 시간에서야 헐레벌떡 뛰어왔다.

"어, 왔구나. 내가 좀 늦었지?"

"아, 아니에요. 형."

용호가 어색하게 웃으며 답했다. 약속은 강성규의 회사 근처에서 이루어졌다. 그는 여전히 야근에 시달리고 있었다. 안 본지 십 년이 넘거나 하지 않았음에도 인상부터가 달라져 있었다.

"어때? 잘 지내? 미국 가서 대회에도 나오고 이제는 내가 너한테 배워야 되겠더라."

강성규도 어색한지 두서없이 이런저런 이야기를 늘어놓았다.

"네, 뭐. 안 과장님도 잘 계시죠?"

"지금은 부장님이셔."

"잘 됐네요. 형도 이제 대리님?"

"그래."

"하하, 다들 잘돼서 다행이네요."

"그런데 어쩐 일이야?"

"그냥 오랜만에 한국 들어와서 인사라도 하려고 들렀어요."

"그래, 고맙다. 이렇게 찾아와 주고."

한창 그간의 안부를 나누고 있는 사이 카페로 누군가가 들어섰다. 너무 오랜만에 보는 얼굴이라 혹시나 싶었다.

그러나 '역시나'였다.

"아, 노 과장님."

자리에 앉아 있던 강성규가 황급히 자리에서 일어나 인사했다. 노 과장.

사원증에 적혀 있는 이름 노준우, 용호가 알고 있는 그 사람이 맞았다.

"자리에 없어서 어디 갔나 했네요. 일이 많아도 사람은 만나야겠죠?"

노준우의 말을 듣자마자 용호가 짧게 한숨을 토해냈다. 깐죽거리면서 사람 신경 거스르게 만드는 말투는 여전했다. 더구나 과장으로 승진. 이런 사람이 승진이라니 잘 이해가 되지 않았다.

그러나 노준우는 못 들은 듯했다.

"아, 네. 지금 들어가려고 했습니다."

노준우도 함께 온 사람들이 있어 신경이 쓰이는지 길게 말하지는 않았다.

강성규가 용호를 재촉해 빠르게 카페를 벗어났다. 그리고 용호는 보았다. 잘 가라고 인사를 하며 뒤돌아서는 강성규의 표정이 썩어 들어가는 것을.

그가 얼마나 큰 스트레스를 받고 있는지 짐작조차 되지 않았다.

Chapter 2

휘몰아치는 갈등

따뜻했다.

한국은 아직 겨울이었지만 실리콘밸리는 사시사철 선선한 날씨를 유지했다. 비록 12월에서 2월 사이는 우기라 맑은 날씨는 아니었지만 충분히 감수할 수 있었다.

"돌아왔다."

다시 미국으로 돌아왔다.

실리콘밸리.

이제는 그리 낯설지가 않았다. 오히려 집으로 돌아온 듯 편안했다.

"다들 집으로 돌아가자."

제임스만이 따로 살고 있는 중이었다. 아직 용호는 방을 구해 나오지 않았기에 데이브와 함께 살고 있었다.

카스퍼스키와 나대방을 데리고 용호도 집으로 돌아갔다.

후다닥.

문을 여는 순간, 두 개의 형체가 빠르게 몸을 움직였다.

"도, 도둑인가."

용호의 중얼거림에 나대방이 긴장 어린 얼굴로 조심스럽게 앞장섰다. 셋 중 그나마 무도를 익힌 이가 나대방이었다.

"서, 설마."

나대방이 혹시나 들릴까 조그맣게 중얼거렸다. 설마 도둑이 들었을까.

"초, 총 들고 있는 거 아냐?"

미국은 합법적으로 총기 소지가 허가된 나라다. 더군다나 얼마 전 회사 바로 옆에서 총기 사고까지 나지 않았던가. 앞서가던 나대방도 총이라는 말을 듣고는 멈칫거리며 더 이상 나아가길 주저했다.

"혀, 형님, 그, 그냥 나갔다가 경찰에 신고하는 게……."

나대방이 더 이상은 안 되겠다는 듯 뒤돌아서서 말했다.

우당탕!

그때 우당탕거리며 2층에서 누군가가 뛰어내려 왔다.

"누, 누구냐!"

더 이상 뒤로 물러설 곳도 없었기에 얼음장처럼 차가운 표정을 하고 있던 카스퍼스키도 저도 모르게 소리 질렀다.

"나, 나야."

데이브가 머리를 긁적이며 나타났다. 그 뒤에서 제시가 고개를 빼꼼 내밀고는 일행들에게 인사했다.

"다들 일찍 왔네?"

털썩.

긴장이 풀렸는지 카스퍼스키가 가장 먼저 바닥에 주저앉았다. 그를 필두로 용호와 나대방도 긴장이 풀렸는지 연이어 엉덩방아를 찧었다.

사정을 들은 데이브는 허리를 펴지 못할 정도로 웃어댔다. 제시는 뭐가 그리 부끄러운지 가만히 앉아 얼굴을 붉혔다. 웃다가 사레가 들렸는지 데이브가 기침까지 해댔다.

"켁, 켁… 정말 그렇게 생각했단 말이야?"

"……."

연신 웃음을 감추지 못하는 데이브를 셋은 죽일 듯 노려보았다.

"웃긴 이야기는 그만하고 한국에서 있었던 일이나 털어봐 봐."

너무 웃어서 배가 아픈지 데이브가 한 손으로 배를 쓰다듬으며 말했다.

그런 데이브의 모습이 얄미웠지만 나대방이 먼저 이야기를 시작했다. 약간의 조미료를 뿌려 이야기를 감칠맛 나게 만드는 건 나대방의 또 다른 재능이었다.

그간 용호만이 다이내믹한 일을 겪은 것이 아니었다. 데이브의 말을 들어보니 회사에도 흉흉한 소문이 돌고 있었다.

"회사가 팔린다고?"

용호는 처음 듣는 이야기였다. 데이브의 말로는 '소문이 돌고 있다' 정도였지만 그런 소문이 돈다는 것 자체가 이해가 되지 않았다. 지금 잘되고 있는 회사를 왜?

"그냥 그런 소문이 돌고 있어. 아직 확실치는 않아."

데이브는 계속 확실하지 않다는 이야기를 강조했다. 혹시나 제프와 용호의 사이가 틀어질 것을 염려하는 듯 보였다.

"일단 알았다."

용호가 굳은 얼굴로 답했다. 소문으로 끝날 것 같지 않았다. 용호는 이미 제프에게 들은 이야기가 있었다. CEO의 자리에서 내려오고 싶다던 그의 말, 불현듯 그때의 그 말이 머릿속에서 맴돌았다.

어차피 다음 날이 출근하는 날이었다. 용호는 여독이 풀리기도 전에 제프와의 면담을 요청했다.

"회사가 팔린다던데, 사실이에요?"

용호가 추궁하듯 물었다. 개고생을 하며 미국 전역으로 출장을 돌았다. 그렇게 고생해서 카스퍼스키와 함께 겨우 회사를 정상화시켰다. 물론 자신은 다시 한국으로 돌아갈 것이다. 이렇게 참견한다는 것이 웃긴 일이 될 수도 있었다.

"그래, 쿠글에 내 지분 전량을 넘기기로 했어. 네 몫도 적당히 챙겨두었다."

제프도 솔직하게 모든 사실을 인정했다.

"…같이 근무한 다른 직원들은요?"

"그거야 쿠글에서 알아서 하겠지."

전혀 대수롭게 여기지 않았다. 이미 이런 일은 실리콘밸리에서 일상이다. 스타트업이 거대 기업에 팔려 소위 잭팟을 터뜨리는 일은 비일비재했다.

제프가 하려는 일도 크게 다르지 않았다. 침묵하고 있는 용호에게 제프가 말을 이었다.

"다들 실력이 워낙 출중하니까 고용에 관해서라면 너와 다른 친구들은 걱정하지 않아도 될 거다."

제프의 말이 용호의 입맛을 더욱 쓰게 만들었다.

바깥으로 나오니 수십 명의 사람들이 각자의 자리에 앉아 회사 일을 하고 있었다.

'이렇게나 고생하는데……'

불확실한 미래를 보며 함께 달려왔다. 이제야 살 만해졌다 싶었는데 회사는 쿠글에 팔려 나간다.

누구나 잭팟을 터뜨렸다 말할 것이다. 지분 3% 정도를 가진 용호도 수십억을 손에 쥘 것으로 예상되었다.

그러나 지분이 없는 사람들과 쿠글의 취향에 맞지 않는 사람들은 다시 불투명한 미래로 바뀌는 것이다.

'왠지 나만… 보상을 받는 것 같네……'

지금까지 고생에 대한 보상을 자신만 받는 것 같았다. 마음이 싱숭생숭했다. 초콜릿이 필요했다.

하루 종일 어두워 보이는 분위기를 데이브도 느낀 듯했다.

"왜 이렇게 죽을상이야. 곧 부자가 될 사람이."

"하하, 부자. 그렇지. 그렇게 원하던 부자도 되게 생겼네."

용호가 조용히 읊조렸다. 세계 최고의 프로그래머가 되고자 하는 이유에는 부자가 되고 싶다는 마음도 있었다. 이제 쿠글에서 계약서에 사인만 하면 백만장자가 된다.

"뭔데, 말해봐."

데이브가 밝은 목소리로 물어보았다. 회사가 팔린다고 하는데 어떻게 저렇게 밝을 수 있을까? 용호는 궁금했다.

"앞으로 제시와 결혼한다며. 쿠글에 회사가 팔리고 난 후에 잘릴까 걱정되지 않아?"

"당연히 걱정이야 되지. 그래도 할 수 없는 거잖아."

담담한 데이브의 말에 오히려 용호가 놀랐다. 회사에서 잘린다는데 어떻게 저렇게 태연할 수 있을까? 그게 의문이었다. 데이브가 계속해서 말을 이었다.

"자동차 할부, 전기료, 수도세, 케이블 TV 요금 등등 회사를 나가자마자 수많은 고지서에 시달리게 될게 뻔히 보이는데 나라고 왜 걱정이 되지 않겠어. 그러나 회사가 필요로 하는 일이니까. 인종이나, 성별 등에 따라 차별되어 부당하게 해고당하는 것도 아니잖아. 회사가 정당한 절차를 따라 다른 회사에 팔렸고, 다른 회사에서 내가 하는 일에 대한 가치를 느끼지 못하면 수긍해야지."

데이브는 진지한 자세로 용호의 질문에 대해 답했다. 처음 데이브를 만났을 때와는 조금 다른 태도가 근래 들어 계속 보이고 있었다.

"그래……."

"네가 특이한 거야. 그래서 내가 널 좋아하는 거고."

용호가 어떤 생각을 하고 있는지 데이브는 대충 짐작하고 있는 듯했다. 여전히 밝은 표정을 하고 있는 데이브, 그를 보는 용호의 표정이 복잡해졌다.

복잡한 심경을 가진 이는 용호만이 아니었다.

"회사가 팔릴지도 모른다며?"

"…시기만 보고 있다고 하더라."

"진짜일까?"

반대편에 있던 남자가 입술을 꾹 다문 채 고개를 끄덕였다. 직원들 사이에서 이미 소문이 돌고 있었다. 곧 회사는 쿠글에 매각될 것이고, 매각 전 한차례 감원 태풍이 불 것이다.

쿠글에서 원하는 인물들을 중심으로 회사 조직이 재편되고, 그들을 제외한 나머지는 해고, 다른 일자리를 알아봐야 한다.

"하아… 그러면 CTO를 비롯해서 그가 데려온 사람들만 남게 되겠지?"

"아마도 그렇겠지……."

대충 누가 남을 것인지는 다들 느끼고 있었다. 어쩌면 당연한 결과, 누가 봐도 확연한 성과를 낸 사람들이 존재했다.

"어디 갈 만한 회사 없냐?"

"나도 알아보고 있다."

다들 우려 속에서 혹시 '자신은 남을 수 있지 않을까' 하는 기대를 감추지 못했다. 그러는 와중에 회사는 착실하게 성장해 나갔다. 그리고 어느 정도 절차가 마무리되었는지 제프가 공식적인 발표를 시작했다.

결코 모두가 기뻐할 수는 없었다. 창업 초기부터 참여해 지분을 약속받은 이들은 내심 환호성을 지르고 있을지 몰랐다. 그러나 대부분 사람들의 분위기는 그렇지 않았다.

"이미 COO와 1차 인력 감축에 대한 협의를 마쳤습니다.

"……."

"내일부터 면담을 통해 진행되며 퇴사로 최종 결정된 분들에게는 근속 연수에 따라 세버런스(퇴사 위로금)가 지급될 것입니다."

하나같이 올 것이 왔다는 표정이었다. 짐작만 하고 있던 일이 현실이 되었다. 다들 데이브와 비슷한 반응이었다. 그저 담담하게 받아들였다.

'결국 이렇게 되는 건가.'

기본적으로 한국에서 태어나고 자란 용호로서는 조금 받아들이기 힘들었다.

대량 해고.

이런 헤어짐을 생각해 본 적은 없었다. 데이브, 나대방, 제시, 제임스와만 일을 한 건 아니다. 그 외에도 프랭크, 토미, 탐, 제시카 등등의 인물들과 매일 얼굴을 부딪치며 일을 해왔다.

용호의 눈에도 똑똑히 보였다. 몇몇 이들이 시무룩한 표정을 짓고 있었다. 제프가 만든 스타트업인 만큼 회사의 인력 구성은 탄탄했다.

능력 있고 재능이 넘치는 사람들로 구성되어 있었다. 그렇다고 해서 해고가 달가울 리 없었다.

비록 이런 경우의 해고가 커리어에 전혀 흠이 되지 않을지라도.

한창 이야기를 하고 있는 도중, 옆에 서 있던 COO가 전화를 받고 오더니 제프의 귀에 몇 마디를 소곤거렸다. 그러고는 바로 회의가 소집되었다.

"코드가 유출된 것 같다."

제프의 목소리가 어두웠다. 내용은 그보다 한층 어두웠다.

"어떻게… 그럴 리가……."

"내부의 누군가가 유출한 거겠지."

"혹시 오픈 소스 아닌가요?"

"아니야. 바이후에서 테스트 결과를 언론에 뿌렸는데, 대부분 우리 솔루션과 근소한 차이로 나왔어. 오픈 소스를 사용해서는 그렇게 될 수 없었겠지."

"그럴 수가 없는데… 카스퍼스키, 혹시 짐작되는 거 있어?"

혹시나 해킹을 당했을까 염려한 용호가 물었다. 더구나 다시 듣는 이름 바이후, 바이후라면 해킹을 하고도 남았다.

이미 한 번 일을 저지른 적이 있지 않은가.

"없다."

단호한 카스퍼스키의 말에 제프의 인상이 더욱 구겨졌다. 해킹이 아니라면 짐작 가는 곳은 한 군데밖에 없다.

"조너선……."

제프의 중얼거림을 회의실에 들어와 있던 모두가 들었다. 차마 꺼내지 못했지만 다들 같은 생각을 하고 있었다.

"일단 정말 우리 코드가 맞는지 확인을 해보죠."

"어떻게?"

"방법이 있습니다. COO님, 바이후 솔루션이 제공되는 사이트가 어디죠?"

"잠시만요."

디지털 워터마킹.

용호는 자신의 코드를 확인할 수 있는 일종의 저작권 정보를 숨겨놓았다. 코드의 아주 은밀한 곳에 누구도 발견하지 못할 버그를 숨겨둔 것이다.

코드를 라인별로 상세하게 뜯어보지 않는 이상 쉽게 발견할 수 없다.

오로지 용호의 버그 창으로만 보였다.

제목 : 성능 비효율 발생.

내용 : 6,721번째 라인에서 성능 비효율이 발생하고 있습니다……

나머지 내용은 볼 필요도 없었다. 용호가 알고 있는 버그였다. Vdec에서 작성한 코드가 확실했다.

* * *

첸쉐썬은 도저히 받아들일 수가 없었다. 인간이 참는 데는 한계가 있는 법이다. 지렁이도 밟으면 꿈틀한다. 첸쉐썬이 참을 수 있는 한계를 넘어섰다.

"이게 도대체 무슨 의미가 있습니까?"

"의미? 실제 사람이 죽지 않을 뿐이지 전쟁터인 비즈니스 세계에서 수익이 창출된다면 그걸로 충분한 의미를 가지는 거 아닌가? 자네 아직 어리군."

"수익만 창출된다면 어떤 짓이든 해도 되는 겁니까?"

"권력은 총에서 나온다. 마오쩌둥의 말을 알고 있나? 지금 시대에 권력은 '돈'에서 나오지."

"그래서, 힘이 된다면, 돈이 된다면 남의 코드를 훔쳐 와도, 해킹을 해도 된다고 하시는 겁니까?"

첸쉐썬이 거세게 반발했다. 남자의 생각이 이해되지 않았다. 목적을 위해서라면 모든 수단을 정당화하는 그의 행동이 무섭

기까지 했다.

"아직 어려, 오늘 대화는 여기까지."

남자의 말에 첸쉐션은 일어날 수밖에 없었다. 만약 일어나지 않는다면 영영 나갈 수 없다.

이 방에서도, 햇빛이 비치는 바깥으로도.

바이후 데이터 압축 서비스 출시.

그것만으로는 어떠한 이슈도 되지 못했다. 이슈는 바이후가 제공하는 솔루션의 가격이었다.

반값.

정확하게 Vdec에서 제공하는 가격의 반값으로 서비스를 제공했다. 가격 후려치기로 들어오는 중국 고유의 방법을 IT 서비스에도 적용한 것이다.

그 반향은 놀라웠다. 대번에 Vdec의 고객 중 절반이 일방적인 계약 해지를 통보해 왔다.

"그래도 쿠글 서버 연동을 못 하니… 아직 저희 쪽 솔루션이 성능에서 우위에 있는 거 아닙니까?"

"그렇지도 않아… 바이후는 중국 1위 검색 업체, 그동안 모은 데이터가 상당해서 곧 따라잡힐 거야."

"……."

"코드를 그대로 가져갔다면 우리가 쿠글과 연동하고 있다는 사실을 이미 알아냈을 테고, 바이후에서도 자사의 데이터와 연동시켰겠지."

"어차피 이럴 거라면 왜 저희 쪽 서버를 해킹하고, 첸쉐썬을 시켜서 코드를 훔쳐 가려 한 건지……."

내막을 알지 못하는 용호는 답답할 뿐이었다. 바이후가 보인 행동들이 조금씩 어긋나 있었다. 조녀선에게서 코드를 받았다면 왜 첸쉐썬을 투입하고 해킹을 하는 등의 번거로운 일을 한 건지, 쉽게 이해되지 않았다.

"어쨌든 현재 중요한 건 그들의 속사정이 어떤지가 아니야. 우리가 어떻게 대응해야 할지, 그게 더 중요해. 그렇지 않으면… 이번에는 정말 모든 게 끝날 테니까."

제프의 목소리에는 위기감이 가득했다. 쿠글은 정식 계약을 미뤘고, 회사는 위기에 처했다.

모두의 머릿속이 복잡해졌다.

첸쉐썬이 나가고 어두운 방 안 그늘진 곳에서 날카로운 인상의 남자가 한 명 걸어 나왔다.

"조용히 지켜보고 있겠지?"

"네. 아직까지 별다른 징후는 없습니다."

"회사에 해가 된다면… 할 수 없지. 버리고 가는 수밖에."

"그래도… 저 정도의 인재는 찾기가 쉽지 않을 텐데요."

"14억이 넘어. 쉽지 않을 뿐, 대체할 수는 있단 말이지."

남자는 단호하면서도 냉정했다.

"그렇게까지 압박할 필요가 있을까요. 그저 기술 개발 부서에 보내 일을 시켜도 충분할 것 같은데……."

"전쟁을 나가는데 자신의 전력을 모두 보이는 것만큼 어리석은 짓이 없다는 사실을 아직 모르겠나? 나에게는 전사가 필요해. 피도 눈물도 없이 인터넷 세상을 헤집고 다닐, 그런 전사가. 그에게 두 번째 미션을 주도록 해."

"알겠습니다."

하나의 미션이 끝났을 뿐이다. 곧 두 번째 미션이 시작되려 했다. 언제쯤 미션이 끝날지, 마지막 미션이 무엇일지, 그 끝에 무엇이 있을지는 누구도 알지 못했다.

*   *   *

하루 종일 한 가지 생각밖에 하지 않았다. 어떻게 하면 당면한 문제를 해결할 수 있을까.

해결법은 두 가지였다. 바이후와 마찬가지로 솔루션 가격을 다운시키든가, 지금과는 비교가 되지 않을 만큼 성능을 높일 것인가.

그런 선택지에서 카스퍼스키가 또 하나의 선택지를 들고 왔다.

"해킹할까?"

이번에는 Vdec에서 바이후를 해킹하자는 말이었다. 카스퍼스키에게는 그럴 능력이 충분했다. 분명 용호도 알고 있었다.

"그건 아닌 거 같다."

카스퍼스키는 두 번 물어보지 않았다. 거절하는 용호의 곁을 스쳐 지나 사무실 밖으로 걸어 나갔다.

'어떻게 하는 게 좋을까.'

용호의 고민이 깊어졌다.

"패키지 서비스도 출시했답니다."

COO가 새로운 소식을 알려왔다. 바이후에서 2차 서비스를 출시했다. 데이터를 바이후로 제공하기 꺼려 하는 기업들을 위한 패키지 솔루션. 인터넷이 되지 않아도 압축 프로그램을 사용할 수 있게 된 것이다.

Vdec과 같은 라인업을 갖추게 되었다.

"그나마 있던 나머지 회사들도 언제 계약 해지를 통보해 올지 모르게 되었어."

제프는 점점 지쳐갔다. 설마 조너선이 코드를 바깥으로 빼돌렸을 줄이야. 상상도 하지 못했다. 애초 전체 코드에 대한 접근 권한은 세 명도 되지 않았다.

각각의 개발자들은 그들이 개발하고 있는 모듈 단위의 부분만 알고 있었다. 조너선은 전체 코드를 볼 수 있는 몇 명 중 한명이었다.

"혹시 연락은 해보셨어요?"

"이미 번호가 바뀌어 있었어."

"……"

용호는 혹시 고소를 할 생각은 없냐고 물어보려다 참았다. 그렇지 않아도 힘들어하는 제프를 더욱 힘들게 만드는 일이기에.

"이대로 접어야 하나……."

제프가 멍하니 회의실 천장을 바라보며 말했다. 그래도 기술이 있으니 쿠글에서 완전히 가격을 후려치진 않을 것 같았다. 용호 역시 조용히 지켜보고 있을 뿐이었다.

첸쉐썬은 Vdec의 코드를 보고 싶지 않았다. 그러나 위에서는 그를 가만히 내버려 두지 않았다.

"굳이 저까지 손을 대야 할 필요가 있을까요?"

"지금 당장 하는 일이 없는 걸로 알고 있는데?"

"그야… 일을 안 주시니까요."

"그래서 주지 않았나. 일 열심히 해서 고향에 계신 부모님께 효도해야지."

"……"

"다음 주까지 난독화 완료해 놔."

첸쉐썬은 굳이 대답하지 않았다. 남자도 대답을 원하지는 않았다. 결과만 나오면 된다. 그리고 결과가 나오지 않았을 때 받게 될 불이익에 대해서는 누구보다 첸쉐썬이 잘 알고 있었다.

바이후에서 출시한 압축 프로그램은 용호의 손에도 도착했다. 다각도로 방법을 찾아보기 위해 구매한 것이다.

'껍데기 포장은 잘 되어 있네.'

패키지 솔루션을 구매한 덕택에 박스에 든 제품을 손에 들게 되었다. 박스에는 솔루션을 사용할 수 있는 제품 키와 함께 제품이 저장된 CD 한 장이 들어 있었다.

Copyright Baihu.

용호의 눈에 유독 들어오는 글자였다.

Copyright.

저작권이 바이후에게 있다는 말이다.

'저작권은 우리한테 있는데.'

박스를 살펴보던 용호가 자리에서 일어나 제프를 찾았다.

"제프! 제프!"

급하게 외치는 용호의 고성을 들었는지, 담배를 피우고 사무실로 들어오던 제프가 용호 쪽을 바라보았다. 그의 시선을 확인한 용호가 다시금 다급하게 외쳤다.

"특허, 특허 등록돼 있어요?"

제프가 용호에게 다가오며 고개를 끄덕였다.

"그래, 그런데 그건 왜."

특허가 있다는 제프의 말에 용호가 책상 위에 놓인 바이후의 솔루션을 집어 들고 말했다.

"그러면 됐잖아요. 특허 있으면 이거 불법이잖아요."

"그게 정말 불법이라면 정말 코드가 우리와 같은지 확인을 해야 돼. 그리고 해당 코드를 확인하기 위해 바이후의 컴퓨터를 뒤지기 위해서는 영장이 필요하고."

제프도 방법을 생각해 보지 않은 것이 아니다. 그러나 바이후의 코드를 확인할 방법이 없었다.

"디컴파일하면요?"

"바이너리를 디컴파일하면 어떻게 나오는지 몰라서 그래?"

이제는 오히려 제프가 답답해했다. 디컴파일은 결코 쉬운 과정이 아니었다. 더구나 바이너리 실행 파일을 디컴파일하여 나온 코드는 누구도 쉽게 확인할 수 없는 형태로 나타난다.

I am a boy가 oyb imaa 이런 식으로 나타나는 것이다.

oyb imaa만 보고 최초 어떤 의미를 가지고 있었는지 파악할 수 있겠는가?

"알고 있습니다. 알고 있으니까 하는 말입니다."

제프가 고개를 좌우로 저으며 자리로 돌아가 앉았다. 용호도 다시 자리에 앉았다. 특허가 존재한다는 사실을 확인한 것만으로도 충분했다. 이제 자신이 할 수 있는 일이 생겼다.

한 줄씩 코드를 확인할 때마다 첸쉐썬은 밀려드는 죄책감에 키보드를 치기가 힘들었다.

'지우려면 다 지울 것이지.'

곳곳에 지우지 못한 용호의 흔적들이 남아 있었다. 주석은 남아 있으되 주석을 쓴 사람이 누구인지는 지워져 있었다. 개중에 지우지 못한 것들이 남아 있었던 것이다.

Author, Lee Y. H

코드의 저작자가 누구인지 알려주는 주석들이 선명하게 남아 첸쉐썬의 눈을 찔러댔다.

마음을 찔러댔다.

'…하아……'

길게 한숨을 내쉰 첸쉐썬이 Author가 쓰여져 있던 자리를 지우고 다시금 코드 난독화 작업을 시작했다.

코드 난독화.

코드의 가독성을 낮춰 디컴파일 같은 역공학에 대비하기 위한 방법이었다.

용호가 사람들을 불러 모았다. 해법을 찾은 듯 표정이 밝아 보였다.

"디컴파일할 생각이라면… 아쉽게도 무의미한 일이 될 거야."

제프는 여전히 부정적이었다. 그러나 카스퍼스키는 달랐다. 이미 한국에서 한 번 경험했다.

용호의 말대로 따라 하기만 하면 해결되는 버그들, 이번에도 그가 뭔가를 해낼 것만 같았다.

나대방이나 데이브는 이미 그의 골수팬, 열렬한 환호로 용호의 소집에 응했다.

"말로 해서는 안 되겠네요. 결과로 보여 드리겠습니다."

말을 마친 용호가 컴퓨터에 CD를 넣고 나온 파일들 몇 개를 FixBugs 모듈에 넣어보았다. 이미 디컴파일 모듈까지 FixBugs에 붙여 놓은 상태였다.

```
Processing Decompile······(10%)
Processing Decompile······(35%)
Processing Decompile······(75%)
```

꿀꺽.

누군가가 마른침을 삼켰다. 용호 역시 초조한 표정으로 진행 상황을 지켜보았다.

```
Processing Decompile······(100%)
complete.
```

곧이어 디컴파일 작업이 완료되었다는 알람이 화면에 나타났다.

"그럼 코드 띄우겠습니다."

이내 용호가 화면에 두 개의 창을 띄웠다. 하나는 Vdec에서 개발한 프로그램, 또 하나는 바이후에서 발표한 솔루션이었다.

이제 마지막 절차만이 남았다.

두 개의 코드가 얼마나 일치하는지를 확인해야 했다. 만약 10%도 되지 않는다면 할 수 있는 건 없다.

그러나 30%, 50%를 넘어간다면, 바이후는 큰 실수를 한 것이리라.

미국에는 징벌적 손해배상이라는 제도가 있다. 이미 바이후로부터 해킹을 당했던 Vdec이다. 만일 이번 특허 침해 건까지 사실로 밝혀진다면 그 손해배상 액수만 해도 가히 상상하기 힘든 금액일 것이다.

또한 앞으로 미국 땅에는 발도 못 붙이게 될지 몰랐다.

두 개의 코드를 띄운 용호가 두 개의 텍스트를 비교하여 일치율을 알려주는 프로그램을 실행했다.

파일 하나의 분량이어서인지 결과는 금방 나왔다.

일치율 53.5%.

바이후가 다시금 넘어서는 안 되는 선을 넘었다.

"증거는 충분한 것 같은데요?"

웃으며 말하는 용호에게 이제는 누구도 반박하지 못했다.

*   *   *

이런 말을 하는 사람이 있다.

가난은 가난하다고 느끼는 데 있다. 미국의 철학자인 랄프 왈도 에머슨의 말이다.

그러나 첸쉐썬에게 가난은 생존의 문제다.

죽는다.

삶을 영위할 수 없다. 다시는 부모님의 목소리를 들을 수도 없고, 따뜻한 손길을 느낄 수도 없다. 주름 가득한 그 얼굴을 볼 수 없다.

'그래도… 이건 아닌 것 같은데……'

코드 난독화 작업을 진행할수록 첸쉐썬은 한 명의 이름을 마주해야 했다. 함께 데니스 리치의 생가를 둘러보며 많은 이야기를 나누었던 사람을 계속 떠올리게 만들었다.

그것이 그를 더욱 힘들게 만들었다.

'이건 아니야……'

아무리 가난해도 하지 말아야 할 일이 있었다. 첸쉐썬의 마음이 거부하고 있었다.

*　　　*　　　*

제프는 당연한 한 가지 의문을 떠올릴 수밖에 없었다.

"어떻게 한 거지?"

디컴파일된 코드가 원본과 너무나 유사하게 풀려 나왔다. 현재까지 이 정도 수준의 디컴파일을 해주는 프로그램은 본 적이 없었다.

그랬기에 바이후 역시 Vdec의 코드를 대부분 가져다 쓴 것이다. 물론 부분부분에 대해서 수정을 하긴 했다. 그러나 아주 지엽적인 부분들 위주였다.

핵심 부분은 그대로 차용하다시피 했다.

"영업 기밀입니다."

이 자리에서 구구절절하게 설명하고 싶지 않았던 용호가 노 코멘트로 답했다. 그리고 중요한 건 '어떻게'가 아니었다.

"그러면 이제 다시 고소를 하면 되는 건가요?"

앞으로 '무엇을' 할 것인지가 더 중요했다.

바이후와의 법적 다툼은 쿠글에서 지원하는 사항이다. 이미 Vdec을 인수하기로 마음먹은 상황이었기에 이 정도의 지원은 아무 것도 아니었다. 겉보기에 회사는 다시 안정을 찾아가는 듯 보였다.

"앞으로 어떻게 되는 건가요?"

직원 중 한 명이 용호에게 물어왔다. 잠시 미뤄져 있던 해고라는 이슈가 다시 수면 위로 떠오른 것이다.

"어, 어떻게 되다니요?"

"정말 해고가 되는 건지, 되면 누가 되는 건지 빨리 알려주셔야 저희들도 대비를 할 수 있으니까요."

"……."

직원의 질문에 용호는 아무 대답도 할 수 없었다. 바이후의 기술 유출 건을 해결했다는 기쁨에 잠시 잊고 있었다.

해고.

누군가는 이 회사를 떠나야 한다는 사실을 다시금 떠올렸다.

두 남녀가 근심 어린 표정으로 식탁을 사이에 두고 마주 보고 있었다. 식탁 위에 이리저리 흩어져 있는 것들은 언뜻 보기에도 고지서 같아 보였다.

"어떻게 진행된대?"

"아직 결정이 안 났다네."

"바이후를 고소한다고 하지 않았어?"

여자의 말에 남자가 한숨을 내쉬며 말했다.

"이미 그 일이 있기 전부터 쿠글에 회사를 팔려고 준비를 해왔던 모양이야. 그런 차원에서 해고가 진행 중이던 거고."

"…지금부터라도 아껴 쓰면 어떻게든 되겠지."

"너무 걱정하지 마. Vdec에서 일한 커리어가 있으니까 금방 다시 자리 잡을 거야."

남자가 걱정하지 말라는 듯 말했지만 근심 어린 표정을 지울 수가 없었다. 이직을 위해서는 다시 서류를 내고 면접을 받아야 하는 일련의 절차들을 거쳐야 했다.

그렇다고 해서 바로 이직이 성사된다는 보장도 없다. 그전까지 살인적인 물가를 자랑하는 이곳, 실리콘밸리에서 버텨야 했다.

총 25명.

현재 Vdec의 전체 인원이 70명가량 되니 1/3이나 되는 인원이 해고 대상자로 최종 결정되었다.

쿠글의 COO가 용호에게 명단을 넘겨주며 물었다.

"혹시 이 중에서 계속 함께하고 싶은 사람이 있나요?"

대단히 친절했다. 처음 만났을 때 용호의 실력을 검토하고자 했던 그 사람이 맞나 싶을 정도였다.

용호도 한편으로는 이해가 갔다. 지금까지 자신이 보인 능력들이 탐날 것이다.

그래서인지 최대한의 편의를 봐주고 있었다.

"고르라는 말씀이신가요?"

"네. 혹시 필요하신 분이 있다면 그분들은 제외시키도록 하겠습니다. 물론 이미 다른 분들은 배제시켜 두었습니다."

움찔.

용호의 몸이 순간적으로 떨렸다가 다시 원래대로 돌아왔다. 너무나 찰나의 순간이라 집중하지 않으면 모를 정도였다.

"……."

"아직 시간이 있으니 천천히 살펴보셔도 됩니다."

말을 마친 COO가 먼저 자리에서 일어났다. 책상 위에는 서류가 한 장 덩그러니 남아 있었다.

〈인력 감축 대상자〉

제이콥 스미스.

윌리암 노아.

화이트 릴리.

용호가 익히 알고 있는 그 이름들이 새하얀 A4 용지를 가득 메우고 있었다.

용호를 알고 있는 사람들이라면 누구나 반문할 것이다.

설마? 용호가 그랬다고?

그만큼 평소에는 보기 힘들 만큼 차가운 표정과 말투였다.

"꼭 필요한 일입니까?"

용호의 손에는 한 장의 서류가 들려 있었다. 쿠글의 COO가 전해준 해고 대상자 명부, 간단히 말해 데스 노트였다.

"그렇다고 하더라."

"제프."

"쿠글에 지분을 넘기기로 이미 다 결정된 사안이야. 더 이상 왈가왈부해서 시끄럽게 하지 말자."

"지금 여기에 누가 적혀 있는지 알고 있습니까?"

용호가 손에 들고 있던 종이를 펼쳐 제프의 눈앞으로 들이밀었다. 갑자기 들이밀어진 종이에 제프가 주춤거리며 뒤로 물러섰다.

"뭐 하는 짓이야!"

"누군지는 다 알고 있냐고요."

"그만하자니까."

용호의 추궁을 제프는 계속 회피했다. 대답하라면 하지 못할 것도 없다. 그러나 굳이 자신의 입으로 한 명씩 호명하고 싶지 않았을 뿐이다.

그런 마음을 용호라고 모르는 바는 아니었다.

"제프가 그만하자고 했으니 이제 제 마음대로 하겠습니다."

용호의 싸늘한 태도가 제프를 더욱 아프게 했다.

해고라니.

용호는 한 번도 생각해 본 적이 없었다. Vdec이 잘되면 그간 고생한 직원들을 위해 상당한 액수의 인센티브를 보장하고 더 나은 근무 환경을 제공할 줄 알았다.

'해고라니…….'

아무리 실리콘밸리에서 해고가 수시로 이루어지고 근속 연수가 채 2년도 되지 않는 회사가 수두룩하다지만 이건 아니다.

'내가 당했던 걸 그대로 다른 사람에게 하라고?'

COO가 함께할 사람을 고르라고 하는 순간 그때의 감정이 되살아났다.

미래정보통신에서 잘리던 날.

너무나도 불합리하고 불공정하게 회사에서 퇴사를 통보받았다. 그렇게 회사에서 버려지고, 다시금 일자리를 찾는 과정 또한 너무나 고통스러웠다.

그때 느꼈던 분노, 좌절, 절망의 감정들에 불이 지펴졌다.

'그렇게는 안 되지… 그렇게는 안 돼…….'

무슨 정의의 사도 노릇을 하려는 게 아니다. 용호가 함께 일해본 결과 누구 하나 게으르거나 책임감 없이 일하는 사람은 없었다. 단지 쿠글에도 인재가 넘치다 보니 해고라는 과정이 필요한 것일 뿐이다.

'그래도 안 돼.'

그래도 안 된다.

직원에게 귀책사유가 없고, 더구나 회사가 성장하고 있는 상황이다. 이제야 그 과실을 나누려 하는데 이렇게 해고하는 건 스스로가 용납할 수 없다.

물론 직원들 개개의 상황은 용호가 생각하는 것만큼 절망적인 상황이 아닐 수도 있다. 능력이 있으면 있는 만큼 자유로운 곳이 실리콘밸리니까. 단지 용호 자신이 용납할 수 없는 것뿐이다.

*　　　*　　　*

첸쉐썬은 이해가 되지 않는 상황에서도 맡은 바 일은 확실하게 처리했다. 개인의 방황과 회사의 일을 완벽하게 분리한 것이다. 그래서인지 상급자의 질문에 일말의 머뭇거림도 없었다.

"진행 상황은 어떤가?"

"일정대로 진행하고 있습니다. 정확하게 말하자면 25% 정도 진행하였습니다. 계속 이렇게 일정을 확인하시면 오히려 일에 지장만 줄 뿐입니다. 제가 더욱 빠르게 일을 하기 원하신다면 그냥 가만히 내버려 두십시오."

"그럴 수가 없게 되어서 말이야."

상급자의 말에서 첸쉐썬은 불길한 기운을 읽었다. 평소에도 강압적인 분위기로 일을 시키기는 하지만 이런 뉘앙스를 풍긴 적은 없었다.

"……."

"일정을 당겨야겠어."

"얼마나 말입니까?"

"앞으로 삼 일, 삼 일 안에 끝내야 돼."

지금까지 25%를 진행하는 데 일주일이 걸렸다. 그런 일을 삼 일만에 끝내라고 하니, 첸쉐썬의 황당함도 선를 넘어섰다.

'포기하라는 소린가.'

어쩌면 당연한 생각이었다.

"업무 지시는?"

"끝내놓았습니다."

"될 것 같은가?"

"아무래도 어렵지 않을까… 합니다."

"흠……."

"회장님, 아무래도 나이콘을 사용하는 게 어떨까 합니다. 이 대로 있다가는 소장이 접수되는 순간 끝날지도 모릅니다."

남자의 염려는 당연했다. 징벌적 손해배상을 맞게 된다면 물 어내야 할 금액이 얼마가 될지 상상조차 하고 싶지 않았다. 미 국 지사가 날아가 버릴 수도 있다.

"맡기면 삼 일 안에 될까?"

"네. 됩니다."

"그래, 소장이 접수되기 전에 처리해야지. 그렇게 진행하도록 하지."

바이후 회장의 회장이 직통으로 연결된 곳으로 전화를 걸었 다. 그의 얼굴에는 어떤 근심, 걱정도 보이지 않았다.

그렇지 않아도 일에 회의를 느끼고 있었다. 그런 와중에 상 식 불가 선으로 당겨진 일정은 첸쉐썬으로 하여금 일에 대해 포기를 하게 만들었다.

'삼 일 안에 하라니······.'

말도 되지 않는 일정이다. 그러나 어렴풋이 느껴지는 것이 있었다.

'결국 걸렸군. 코드를 이대로 다 지울 수는 없으니 난독화를 해서 특허를 피해보겠다는 심산이겠지.'

예측할 수 있는 상황은 한 가지밖에 없다. 코드를 훔친 것이 발각된 것이다. 그렇기에 하루라도 빨리 난독화를 하여 기존 소스 코드를 회사에서 지우려는 것이다.

수색 영장이 도착하기 전에.

'아무리 그래도 이걸 삼 일 만에는 못 하지.'

강요한다고 해서 될 일이 아니다. 자신의 능력으로는 무리였다. 그러나 첸쉐썬이 바이후의 핵심 역량은 아니었다.

바로 다음 날.

바이후의 직원들이 바쁘게 움직이고 있었다.

로우 레벨 포맷.

삭제한 데이터를 복구하지 못하도록 하는 방법이었다. 그러나 로우 레벨 포맷만으로는 충분치 않다. 여전히 기존 데이터의 흔적이 남아 있어 복구 전문 업체의 손을 거치면 데이터를 복구할 수 있는 여지가 있었다.

바이후에서는 로우 레벨 포맷 다음으로 한 단계를 더 진행했다.

디가우저.

자기장을 쏘는 장치였다. 하드 디스크에 자기장을 쏴, 데이터를 삭제하는 수준이 아니라 저장장치 자체를 물리적으로 망가뜨려 버리는 것이다.

첸쉐썬은 놀랄 수밖에 없었다. 자신이 작업하던 노트북도 사내 보안 요원들이 가져가 버렸다.

'뭐야, 설마 난독화가 끝났다는 건가.'

이대로 버려 버리기에는 코드의 가치가 너무나 뛰어났다. 코드 난독화가 끝나지 않았다면 절대 바이후에서 보관하고 있는 코드를 삭제하지 않을 것이다.

'그럴 리가 없는데.'

바이후에서 개최하는 프로그래밍 대회에서도 항상 수위권을 차지하는 자신이다. 자신보다 뛰어난 프로그래머가 있을 순 있겠지만 손에 꼽을 정도도 되지 않을 것이라 생각했다.

'나보다 잘하는 사람이 있단 말이야?'

믿기지 않았지만 받아들여야 할 것 같았다. 지금 벌어지고 있는 일이 자신의 생각이 진짜임을 말해주고 있었다.

*　　　　*　　　　*

믿기지가 않았다.

코드가 없다니, 있을 수가 없는 일이었다.

"말이 됩니까?"

"……."

"분명 디컴파일한 코드를 보지 않았습니까."

"중간에서 난감하게 됐어요."

"하아… 참……."

이미 한 번 전적이 있었기에 일은 빠르게 진행되었다. 확실한 증거까지 있는 상황이었다. 그러나 문제가 발생했다. 정작 바이후에서 Vdec의 코드가 발견되지 않았다.

"발견된 게 있기는 합니다……."

COO가 조심스럽게 말을 꺼냈다. 분명 발견된 게 있기는 했다.

```
alkajef = 121312;
function kkk1123(amq22 dj){
……
```

그 뒤로도 몇 백 줄이 이어져 있었다.

"바이후에서 자기들의 솔루션을 만들 때 사용했던 코드라고 넘겨준 겁니다."

쾅.

망치로 머리를 한 대 얻어맞은 것 같았다. 용호도 저게 의미하는 바가 무엇인지 알고 있었다. 코드 난독화가 되어 있었다.

Chapter 3
코드 난독화

COO가 화면에 떠 있는 코드를 가리키며 말했다.

"그런데, 이미 바이후에서 저 코드로 빌드에 성공했다고 합니다."

"그래서 제 디컴파일 프로그램이 문제라는 겁니까?"

용호가 짜증 섞인 투로 COO의 말에 대꾸했다. 그렇지 않아도 근래 들어 '해고'라는 이슈 때문에 예민해진 상태였다.

이렇게 되면 둘 중 하나는 거짓말을 하고 있다는 말밖에는 되지 않았다. 그러나 한 곳은 이미 진실로 밝혀졌다. 바이후에서 자사의 진실을 증명하기 위해 용호가 보고 있는 어처구니없는 코드를 통해서 프로그램 빌드를 성공시킨 것이다.

그렇다면 용호가 거짓말을 하고 있다는 결론이 나온다.

"아, 아니, 제 말은 그런 뜻이 아니라 현재까지 상황이 그렇다는 말입니다."

COO가 애써 변명했지만 용호에게는 들리지 않았다. 이미 자신에게 해고자를 선택하라고 한 순간 미운 털이 박힌 사람이다.

"다시금 말씀 드리자면 제 프로그램에는 아무 문제없습니다."

강경한 어조였다. 표정은 딱딱하게 굳어져 있었다. 잔뜩 성이 난 듯한 그 모습에 누구도 쉽사리 입을 열지 못했다. 단 한 사람만을 제외하고.

"내가 한번 살펴보지."

카스퍼스키였다. 아무도 나서지 않자 카스퍼스키가 계속해서 말을 이었다.

"딱 보니 난독화된 코드인데 규칙을 찾아내서 원상 복구 하면 그만이야. 어려울 것도 없다."

그러고는 훌쩍 회의실을 떠나가 버렸다. 카스퍼스키가 나서겠다고 한 이상, 용호는 그를 믿었다.

그러나 믿지 못할 사람이 존재했다.

"할 일이 하나 있습니다."

"응?"

"여기 있는 분들은 제가 믿을 수 있다고 여기는 분들입니다. 만일 여러분에게서 정보가 새어나간다면 그건 정말 상상하고 싶지도 않군요."

용호가 회의실에 들어와 있는 사람들의 면면을 차례차례 훑어보았다. 제프, 카스퍼스키, 데이브, 나대방. 하나같이 믿지 않을 수 없는 사람들만이 자리에 앉아 있었다.

"저는 혹시 바이후에서 Vdec에 사람을 심어두었을 가능성을 생각해 보았습니다. 그리고 그게 아마 현실이 된 것 같군요."

앉아 있는 몇몇 사람들이 저도 모르게 고개를 끄덕였다. 타이밍이 절묘했다. 사전에 정보가 흘러 나간 것이다.

잠시 뜸을 들이던 용호가 말을 이었다.

"그래서 말인데… 회의실 바깥에 있는 사람들을 모두 해고 하는 걸로 합시다. 그 뒤 사설 탐정이라도 붙여 바이후에서 보낸 사람이 누군지 알아야 하지 않겠습니까?"

"……"

차갑게 가라앉는 분위기, 설마 용호가 이런 말을 할지 그 누구도 예상치 못했다.

"쿠글에서도 그게 이익 아닌가요?"

용호가 제프와 COO를 정면으로 주시했다. 용호와 그 무리들을 제외하고도 실력 있는 사람들은 쿠글에 이미 충분했다. 굳이 그들을 받아들이는 건 빠르게 일을 처리하기 위함이지 절박함 때문이 아니었다.

강렬한 그 눈빛에 오히려 제프와 COO가 시선을 회피했다.

"그, 그렇게까지 해야 할 필요가 있을까요?"

COO가 조심스럽게 말을 꺼냈다. 용호는 한층 더 단호한 어조로 대답했다.

"어차피 쿠글에서도 바이후의 스파이일지도 모르는 사람을 고용하고 싶지는 않을 거 아닙니까?"

　상당한 위험부담임은 확실했다. 그렇다고 해서 모두를 해고하는 건 너무 극단적인 방법이다. 평소 용호의 모습을 생각한다면 결코 나올 수 없는 주장이어서일까. 제프가 잠시 휴식 시간을 제안했다.

　제프가 용호를 따로 불러냈다. 용호를 알고 있는 사람이라면 누구도 지금의 상황을 이해하지 못할 것이다.

　제프 역시 마찬가지였다.

　"이유가 뭐냐?"

　"네?"

　"왜 그런 말을 했냐고, 나한테까지 감출 건가?"

　담배를 하나 꺼내 문 제프가 섭섭하다는 듯 말했다. 바람에 실려 스며드는 담배 향에 용호가 손사래를 쳤다.

　"그 담배 좀 끊으면 안 됩니까?"

　"말 돌리지 말고."

　"혹시 이거 알고 계십니까? 한국에서는 무조건 군대라는 곳에 가야 합니다."

　"그래서?"

　"그곳에서 제가 모신 '소위'분이 매일 잠도 제대로 못 자고 미친 듯이 일만 하더라고요."

　"……."

　제프는 가만히 듣기만 했다. 조용해진 제프를 신경 쓰지 않은 채 용호가 담담하게 이야기를 이어나갔다.

"하루는 코피까지 쏟으면서 일 하기에 제가 물었죠."

"왜 이렇게까지 하세요?"

"나 소대장이잖아. 내가 해야지, 누가 해."

"제가 지금 회사 CTO잖아요."

"그래, CTO. 네가 뭘 하려는지 몰라도 너는 기술적인 부분만 책임지면 된다."

제프가 명확하게 용호의 업무를 규정지었다. 그러나 용호는 그게 아니라는 듯 고개를 저었다.

"그래서 제가 그 소대장에게 다시 물었어요."

"그거 소대장님 일 아니잖아요. 중대장님이 하셔야 되는 일인데……"

"원래 중대장님이 안 하시면 내가 하는 거야. 전시에 중대장님이 죽으면 누가 대체돼?"

"소대장님이요."

"……"

용호가 하고자 하는 말의 의미를 알아차린 듯 제프는 조용히 시선을 떨어뜨렸다.

"CEO가 일을 하기 싫다고 하니까, 그러니까 제가 해야죠."

제프는 아무 말도 할 수 없었다. 분명 용호에게 CEO로서의 업무에 지쳐가고 있다고 말한 기억이 있었다.

그랬기에 더더욱 아무 말도 하지 못했다.

용호는 CTO, Chief Officer 최고 경영자 중 한 명이었다.

제프만이 용호를 이해하지 못한 것이 아니었다. 데이브나 나대방 역시 마찬가지였다.

"용호."

"형님!"

둘 모두 당황한 기색이 역력했다. 반대로 용호는 침착하기만 했다. 평소와 전혀 다를 바가 없었다.

"뭐가."

"전원 해고라니, 그게 도대체……."

"어차피 해고시킨다잖아. 이 기회에 오히려 잘됐지 뭐, 배신자도 찾아내고."

"용호!"

데이브가 용호의 팔까지 붙잡아 가며 다시 물었다.

"정말 제정신으로 하는 말이야?"

"그래. 몇 명은 해고되고, 몇 명은 해고되지 못할 바에야 전부 해고되는 게 낫지, 뭘 그래."

너무나 냉정하고 차가웠다. 용호의 낯선 모습에 다들 두려워하는 듯 보였다. 그 모습에 용호가 정신을 차렸는지 침착하게 말을 이었다.

"너무 걱정하지는 마, 곧 끝날 거니까. 그리고 대방이 너는 나 좀 보자."

용호가 나대방을 따로 데리고 나갔다. 회의실에서는 제프와 COO가 한창 토의 중에 있었다. 회사를 매수하는 측은 쿠글, 쿠글에서 파견 나온 COO가 키를 쥐고 있었다.

나대방은 여전히 부루퉁한 표정을 풀지 않았다.

"뭐가 그렇게 불만이야."

"아니, 형님. 그렇게까지 할 필요는 없잖아요."

"어차피 그렇게 될 거였어. 쿠글이 어떤 회사야? 위험을 짊어진 채 가고 싶을까? 왜 회의실에 우리밖에 없었을까?"

"그런 게 아니라……."

"지금 회의에 참여하는 인원을 제외하고는 다 해고 대상이라고 보면 돼. 나는 그걸 먼저 말한 것뿐이고. 25명? 허울뿐인 숫자지. 결국에는 우리를 제외하고 다 해고될 거야."

"설마……."

나대방은 그래도 믿지 못했다. 그런 나대방을 용호가 지긋이 바라보았다.

"너나 데이브는 모르겠지. 잘려본 적이 없으니까."

"……."

"해고될 때의 분위기, 그때의 기분… 어느 것 하나 너희들과는 상관없었을 테니까."

"혀, 형님……."

마치 북풍한설이 몰아치는 듯했다. 용호의 입에서 얼음 화살이 쏘아져 나왔다.

해고.

누구보다 잘 알고 있다. 인턴 시절 용호는 경험해 보았다. 해고란 것이 무엇인지, 사회로부터 버림받는다는 것이 어떤 느낌인지 누구보다 잘 알고 있다. 그리고 그때의 분위기 역시도.

"쿠글 쪽에서는 오히려 좋아하고 있을 거야. 내가 먼저 이야기를 꺼내주었으니까."

말이 길어질수록 꽁꽁 얼어붙어 있던 감정에 온기가 분 듯했다. 다시 점차 평소의 모습으로 돌아갔다.

"…형님, 좀 이상해요. 평소랑 다르신 것 같아요."

"미안하다. 일이 많아서 예민해져 있나 봐."

사실은 다른 것 때문이지만 굳이 이 자리에서 속마음을 꺼내놓고 싶지 않았다. 대신 용호는 다른 이야기를 꺼내 들었다.

"대방아, 네가 좀 해줘야 할 일이 있다."

용호가 나대방에게 한 가지 일을 부탁했다. 데이브나 제임스는 할 수 없는 일이다.

나대방이 적임자였다.

*   *   *

조용하게 소곤거리는 것이 귀를 기울이지 않으면 들을 수 없는 이야기였다. 용호가 더욱 가까이 귀를 대어 보았다. 점차 소리가 선명해졌다.

"네. 전달했습니다."

"자네가 올린 보고서를 토대로 살펴보니 나머지 인력들은 굳이 필요가 없겠어."

"저도 같은 의견입니다. 그래도 운영을 위해서는 최소한의 인력이 필요하니 1차 대상자를 25명으로 선정했습니다."

"그래. 나머지 인력들에 대한 처우는 추후에 다시 진행하지."

"알겠습니다."

띠리리리. 띠리리리.

갑자기 울리는 전화에 용호가 다급히 자리를 피했다. 쿠글에서 파견 나온 COO 역시 주변을 두리번거렸으나 보이는 건 텅 빈 사무실밖에 없었다.

첸쉐썬.

미처 지우지 못한 이름이 핸드폰에 남아 있었다. 그리고 그에게서 전화가 올지 용호도 예상치 못했다.

—…….

침묵하고 있는 그에게 용호가 먼저 입을 열었다.

"전화를 했으면 먼저 말을 하는 게 예의 아닌가?"

—이름이 많이 보이네요.

"대부분 내가 만들었다고 했던 거 같은데."

—원래 프로그래머라는 족속들이 실제로 해보고, 보지 않으면 잘 믿지 않는 사람이라는 거 잘 알고 계시잖아요.

"어때? 볼만해?"

용호는 한 치의 흔들림도 없었다. 어찌 그리 태연할 수 있는지 오히려 첸쒜썬이 놀랄 정도였다.

―묻고 싶은 건 그게 다인가요?

"말할 거였으면 물어보지 않아도 대답해 줄 테니까."

잠시 뜸을 들이던 첸쒜썬이 말을 이었다.

―…함께 일하고 싶었습니다.

"나는 아니야. 회사에서까지 피곤하게 정치질 하고 싶지 않다."

―저도 원하는 바가 아니었어요.

"아니, 결국 네가 선택한 거야. 그게 더 나은 가치를 가지고 있다고 생각했을 테니까."

용호의 말투는 차가웠다. 첸쒜썬에게 가지고 있던 일말의 호감조차 바이후의 행태를 보며 날아가 버렸다. 첸쒜썬은 바이후 소속, 결국 소속이 그를 나타내는 법이다. 한 명의 사람이 전체를 나타내는 것처럼.

―가난이 뭔지는 아세요?

첸쒜썬이 울컥했다. 수화기로 들려오는 소리에서 물기가 느껴졌다. 그러나 용호라고 해서 가난이 무엇인지 모르지 않았다.

"생존 문제지. 알바로도 감당되지 못하는 학비를 대려다 빈혈에 걸려 쓰러졌었다. 응급실에서 며칠을 지내고 나니 이제는 병원비를 대기 위해 알바를 해야 했어. 끝이 보이지 않는 빚의 구렁텅이에서 허우적거릴 때 아버지가 하시던 노점상은 철거되고 그나마 어머니의 식당 일로 세 가족이 입에 풀칠해야 했지. 집에서 나오는 난방, 전기, 수도 요금을 아끼려 나는 학교에서

생활했고 사람들은 나를 마치 미친놈 취급하더군. 뻔뻔하기 그
지없는 놈이라고."

이번에는 용호가 쉴 새 없이 말을 쏟아 냈다. 그러나 이게
끝이 아니었다.

"그래도 참아야 해. 뻔뻔하지 않으면 안 되니까. 학교에서 먹
고 자고, 빚을 진 채 악착같이 버텼어. 나는 별 능력이 없는 평
범한 학생에 불과하니까. 졸업이라도 해야겠다 싶었지. 비록 앞
날은 암흑 가득한 블랙홀이었지만. 그리고 그 예상은 그대로
들어맞았어. 나는 어렵사리 구한 비정규직 자리에서조차 채
일 년도 다니지 못하고 해고당했어. 내가 저지른 잘못이 아님
에도 불구하고 말이야. 사라질 것 같지 않은 빚더미가 나를 짓
누를 때마다 몇 번을 죽고 싶다고 생각했는지 모르겠다."

1절이 끝나고 2절도 끝이 났다. 그러나 아직 3절이 남아 있
었다.

"나에게 말이야, 가난은 항상 생존의 문제였어. 20대 중반의
내가 팬티 바람으로 동아리방에서 잠을 자게 만들 만큼, 그 모
습을 같은 과 여자애들에게 들켜도 아무런 부끄러움도 느끼지
못하게 할 만큼. 이 정도면 대답이 되었겠지? 너의 이런 화법,
별로 좋아하진 않지만 이렇게 말해야 알아들을 것 같아서 말
이지."

그때까지도 첸쉐썬은 듣고만 있었다. 용호는 그렇지 않아도
'해고'라는 문제로 민감한 상태였다. 아직 풀리지 않은 분노가
첸쉐썬이라는 제물을 만났다.

마침 화풀이 상대로도 적절했다. 첸쉐썬은 분명 Vdec에 해를 끼치려 한 인물이었다.

"그러니까, 마치 네가 피해자인 척하지 마."

첸쉐썬이 미처 어떤 변명이나 대답을 하기도 전에 쐐기를 박았다. 아무런 대답도 할 수 없었던 첸쉐썬은 조용히 전화기를 끊었다. 그리고 한참을 그저 가만히 그 자리에 앉아 있었다.

며칠 전 밤, 일어난 이야기였다.

*   *   *

후련했다.

마음속에 있던 질척한 기운들을 토해내고 나니 한껏 곤두서 있던 신경도 차츰 가라앉는 것 같았다.

'내가 너무 심했나……'

근래 들어 계속 들려오는 '해고'라는 단어에 짜증이 차곡차곡 쌓이고 있었다. 문제는 쌓이기만 하고 풀 곳이 없었다는 점이다. 그러다 첸쉐썬의 전화가 일종의 트리거 역할을 한 것이다.

해고, 그리고 가난.

어느 것 하나 용호가 침착하게 받아들일 수 있는 문제가 없었다.

'그러게 왜 가난이 뭐냐고 그런 걸 물어봐서. 뭐 욕 안 한 게 어디야.'

용호는 긍정적으로 생각하기로 했다. 자신은 스트레스를 풀어서 좋고, 첸쉐썬은 욕을 안 먹어서 좋으니 서로 윈윈 아닌가.

차라리 욕을 먹는 것이 나았다. 용호의 말은 지금껏 자신을 버티게 해준 중심을 뒤흔드는 말들이었다.

알고는 있지만 살짝 뒤로 감춰두고 애써 외면하고 있던 것들을 정면으로 마주 보게 만들었다.

'맞아… 다 내가 선택한 일이지……'

첸쉐썬도 알고 있었다. 단지 외면하고 있었을 뿐이다. 정면으로 마주한 자신의 모습은 그리 달콤하지 않았다. 오히려 쓰고, 떨떠름하여 당장이라도 뱉어내고만 싶었다.

'더 이상 숨지 말자.'

숨기만 해서는 아무것도 해결되는 것이 없다. 문제를 키우는 가장 좋은 방법은 외면하는 것이다.

더 이상 문제를 키웠다가는 돌이킬 수 없는 강을 건널 것 같았다.

'나는 프로그래머지 사기꾼이 아니다.'

코드 난독화.

프로그래밍 언어로 작성된 코드를 읽기 어렵게 만드는 일이다. 대표적인 알고리즘으로 Layout, Data, Control Obfuscation 같은 것들이 존재했다. 그러나 바이후에서 사용한 것은 또 달랐다.

이른바 앙상블.

세 가지 알고리즘을 조합한 방식이었다.

"그래도 봐줄 만한 실력이더라."

카스퍼스키가 봐줄 만한 실력이라고 할 정도면 수준이 있다는 뜻이다.

"첸쉐썬만큼? 아니면 그 이상?"

용호가 익숙한 그 이름을 거론했다. 바이후에서 일하고 있는 사람 중 알고 있는 이가 그 하나였기에 한 말이었다.

"그래서 결과는 어떻게 됐어?"

계속해서 용호가 책상 위에 발을 걸치고 발끝을 까딱거리고 있는 카스퍼스키에게 물었다.

결과는 보여주지도 않고 계속 말만 하고 있었다. 지금 당장 필요한 건 결과였다.

Vdec의 코드와 바이후의 코드가 동일하다는 결과가 필요했다.

"당연한 거 아닌가?"

카스퍼스키가 뭘 그런 걸 물어보냐는 듯 답했다. 용호도 알고 있었지만 내심 불안했다. 혹시 풀지 못하지는 않을까 하는 의구심을 그제야 떨쳐낼 수 있었다.

이제야 모든 게 끝났다는 듯 용호가 기다란 한숨을 내쉬며 편하게 자리에 앉았다.

*　　　*　　　*

쿠글이 소장을 접수한 법원으로 한 장의 투서가 도착했다.

안녕하십니까.

바이후에 근무 중인 개발자입니다.

현재 바이후에서 제공 중인 서비스의 코드는 모두 Vdec의 코드를 카피한 것입니다.

동봉하는 USB에 현재 난독화된 코드를 풀 수 있는 키가 담겨 있습니다.

확인 바랍니다.

"이게 도대체……."

봉투를 열어본 판사가 난감한 표정으로 편지를 읽어 내렸다. 편지 내용은 거짓이 아니었는지 봉투 안에서 USB 하나가 바닥으로 떨어져 내렸다.

그리고 쿠글과 바이후 측의 변호사가 법원으로 소집되었다.

소식은 빠르게 전파되었다. 쿠글 COO는 소식을 접하자마자 제프에게 알려왔다. 법적 분쟁이 끝날 때까지 M&A 계약은 잠시 미뤄둔 상태였다. 이제야 다시 계약을 진행할 수 있었다.

"내부 고발자요?"

"네. 법원으로 자신을 내부 고발자라고 밝힌 사람이 편지를 보내 왔답니다."

이야기를 전해 들은 카스퍼스키가 중얼거렸다.

"그럼, 이건 소용없겠네."

아쉬웠지만 오히려 잘된 일이다. 일이 생각보다 쉽게 끝나려 하고 있었다.

바이후 미국 지사는 호떡집에 불이 난 듯 소란스러웠다. 법원에 다녀온 변호사가 전해준 소식은 가히 청천벽력 같은 이야기였다.

"회, 회장님."

"……."

"그 내부 고발자가 누군지 알아봤나?"

"죄송합니다."

쿵.

남자가 바닥에 머리를 찧으며 말했다. 일반적인 회사에서 보기 힘든 모습이다. 최첨단을 달린다는 IT 회사의 심장부에서 벌어지는 일이었다. 회장이라 불리는 자는 마치 당연하게 여기는 듯했다.

"전쟁에서 지고 돌아온 장수에게 돌아갈 곳은 없다. 자네에게는 아직 돌아갈 곳이 있는 모양이야. 이런 결과를 내게 가져온 것을 보니 말이야."

"죄송합니다."

다시 한번 남자가 바닥에 머리를 박았다. 이마가 까졌는지 혈흔이 비치는 듯했다. 그러나 둘 다 전혀 개의치 않았다.

"손해배상 금액이 아마 상당할 테지. 변호사가 계산해 온 금액만 해도 2억 달러가량 된다고 했나?"

"마, 맞습니다."

"2억 달러, 2억 달러……."

"자네 딸을 팔아도 감당할 수가 없겠구먼."

쿵.

남자가 다시금 머리를 바닥에 머리를 찧었다. 그러나 변하는 건 아무것도 없었다.

쿵쾅.

쿵쾅쿵쾅.

심장이 미친 듯이 뛰어댔다. 사무실에 앉아 있는 내내 좌불안석, 마치 가시방석에 앉아 있는 느낌이었다.

'조심, 또 조심했으니…….'

첸쉐쎈은 그럴 리가 없다 생각했다. 조심, 또 조심했다. 절대 자신임을 모를 것이다. 지금 당장 퇴사하기는 어려웠다. 퇴사하겠다는 의사를 밝혔다가는 바로 내부 고발자로 지목당할 것이다.

'조금만 더 버티자.'

태풍이 지나가고 나면 기회가 보일 것이다. 그때가 이 배에서 내릴 시간이다.

누군가는 내리고 싶어서 안달이지만 그렇지 않은 사람도 분명 있었다. 내리고 싶지 않았지만 배 바깥으로 밀쳐질 사람들이 최종 결정되었다.

결과는 예상 그대로였다.

"그러면 퇴사를 진행하도록 할까요?"

"판결은요?"

"이틀 뒤면 나온답니다. 손해배상액으로 꽤 많은 금액이 나올 텐데, 그 금액을 투자자들끼리 나누려면 그게 더 빠르고 깔끔하지 않겠습니까? 사람이 많으면 말이 많이 나오는 법이죠."

COO가 느긋한 표정으로 말했다. 한껏 표정이 고무된 것이 법원에 제출한 금액의 대부분을 받을 수 있게 된 듯 보였다.

"3억 달러를… 지분대로 나누는 겁니까?"

"네. 거기에 제프의 지분을 전량 저희가 매입하니, 한동안 쉬면서 다음 사업을 구상하셔도 될 것 같습니다."

손해배상 금액으로 법원에 청구한 것이 3억 달러였다. 한화로 대략 3,500억.

용호에게도 3%의 지분이 있으니 대략 90억 원가량을 지급받게 되는 것이다.

90억.

이제 돈 걱정은 하지 않아도 된다. 돈이 돈을 버는 순환 고리를 만들었다. 그러나 용호의 굳어진 표정은 풀릴 줄을 몰랐다.

"알겠습니다."

이번에는 용호가 가장 먼저 자리에서 일어났다. 직원들도 대량 해고의 분위기를 느꼈는지 사무실 분위기에 활기가 없었다. 마치 살아 있는 좀비를 보는 듯했다.

아침부터 회사가 시끌벅적했다. 전 직원의 서랍 안에 pink slip(해고 통지서)가 들어 있었다.

"너도?"

직원들이 너나 할 것 없이 어리둥절한 표정으로 서로를 쳐다보았다. 해고 대상자는 C레벨을 제외한 전 인원이었다.

"쿠글에 기술만 넘기기로 결정한 건가……."

하나같이 같은 생각을 하고 있었다. 회사가 쿠글에 원천 기술만을 넘기기로 했다.

"진짜 짐을 싸게 될 줄이야……."

설마가 역시나였다. 해고를 당한 것에 대한 아쉬움은 있었지만 고성이나 반발은 없었다. 너무나 조용한 사무실 풍경이 오히려 용호를 오싹하게 만들었다.

"정말 조용하네요."

"…이렇게까지 하려고 한 건 아닌데."

제프도 용호와 함께 사무실을 보고 있었다. 차마 자신의 손으로 해고 통보 한 사람들을 정면으로 마주할 자신이 없어 이렇게 회의실에 숨어 있었다.

프로그래밍을 할 때는 그렇게 당당하고 까칠했지만 이런 면에서 보면 인간적인 면모가 느껴졌다.

"일단 정리가 끝난 다음에 이야기하죠. 어서 나가지 않고 뭐해요? 여기서 마지막 인사라도 하셔야죠."

"내가?"

"Vdec CEO 아니십니까."

끈질긴 용호의 종용에 제프가 할 수 없다는 듯 자리에서 일어나 바깥으로 걸어 나갔다.

제프가 한 사람씩 눈을 마주하며 악수했다. 누군가는 그리 곱지 않은 시선으로 쳐다보았고, 또 누군가는 이해한다는 표정으로 바라보았다. 그때마다 제프가 하는 말은 동일했다.

"그동안 수고 많았습니다."

짐을 들고 사무실을 나가는 사람들과 악수를 할 때마다 제프의 눈가가 실룩거렸다.

"잘 지내세요."

어떤 사람이 제프에게 안부 인사를 전했다.

'이런 걸 원한 건 아니었는데.'

제프는 몇 명 해고하는 것쯤이야 별 대수롭지 않게 생각했다. 능력이 없다면 회사에서 잘리는 건 당연한 일이다. 바이후의 스파이를 추려내고, 더 좋은 값을 받고 회사를 매각하기 위해서 필요한 절차였다.

분명 정당한 절차와 적법한 과정을 거쳐 하고 있는 일이지만 좌뇌와 우뇌가 서로 싸우고 있었다.

'네가 사람이냐?'

'뭐가 문젠데!'

'휴우… 말을 말자, 말을 말아.'

'세상이 그렇게 만만하냐? 나는 정당한 절차를 따랐어. 문제될 건 전혀 없어.'

'절차만 따르면 사람을 죽여도 상관없다는 거냐?'

'그건 너무 비약 아냐? 해고가 사람을 죽이는 거라니.'

'해고가 되면 의료보험 받기가 힘들지. 아파도 돈 때문에 병원에 가기 어려워져. 그럼 죽어야지 별 수 있나?'

'그, 그건 너무 극단적인 경우잖아.'

"제프, 제프."

"어, 어?"

용호가 상념에 잠겨 있던 제프를 흔들어 깨웠다.

"다 갔는데 뭐 해요."

정신을 차려보니 어느새 사람들이 싹 빠져 있었다. 사무실에 온기 한 점 남아 있지 않았다. 차가운 시멘트 바닥 위에 컴퓨터들만이 덩그러니 남아 있었다.

사무실에 아무도 남아 있지 않았기에 용호는 서슴없이 말했다.

"누가 바이후 쪽 사람인지 구분은 됐어요?"

아직 완벽하게 정신이 돌아온 건 아니었는지 제프가 혼이 나간 표정으로 고개를 끄덕였다. 텅 빈 사무실을 보는 제프의 표정이 공허해 보였다.

"그럼 명단 주세요. 저도 봐야 할 것 같으니까."

제프에게서 명단을 받아 든 용호가 어딘가로 전화를 걸었다. 다행히 의심되는 사람은 3명밖에 되지 않았다. 그 사람들은 분명 제외되어야 한다.

—바이후 손해배상 3억 달러. 주가 폭락
—Vdec 코드 카피. IT 업계의 수치
—바이후 회장 푸춘펑 공식 사과

신문을 보던 용호가 나대방을 불렀다.

"준비는 다 끝났어?"

"네. 사람들도 모아놨습니다."

"사무실은?"

"임대 계약도 체결했고요."

"고생했다."

그렇지 않아도 험악해 보이는 인상이 더욱 날카롭게 빛났다. 날카롭게 드러난 턱 선이 그간 얼마나 사방팔방으로 뛰어다녔는지 알 수 있는 모습이었다. 살이 많이 빠져 있었다.

"아닙니다. 저도 좋은 경험이 됐고요."

"그런데 대방아."

"네."

"어떻게 너는 프로그램 개발 말고도 아는 게 그렇게 많냐? 가끔 보면 정말 천재는 네가 아닌가 싶어."

용호는 순수하게 감탄에서 나온 말이었다. 그러나 그 말을 들은 나대방은 순간적으로 굳어가는 표정을 감추기 힘들었다.

"하하, 뭐, 뭘요."

어색한 웃음이었다. 그 모습이 뭔가 수상쩍었지만 용호는 나대방의 어색한 행동에 대해 생각할 겨를이 없었다.

"그러면 내일부터지?"

"네."

"그래. 오늘은 일찍 자자."

피곤한 일정이었다. 몸이 힘들다기보다는 정신적으로 힘든 시간들이었다. 앞으로 더 힘들어질지도 모른다. 그러나 용호는 사명감 같은 것을 느끼고 있었다.

하늘이 자신에게 주신 재능.

왜 하필이면 버그 창이었을까.

그냥 머리를 똑똑하게 만들어주었어도 되지 않았을까.

그러나 버그를 볼 수 있는 능력을 주셨다.

어쩌면 그건…….

침대에 누워 생각에 잠겨 있던 용호가 자신도 모르는 사이 스륵 잠에 빠져들었다.

소리 한 점 들려오지 않는 고요한 밤이다.

Chapter 4
첫 번째 계약

처음부터 말할 수도 있었다. 그러나 그러지 않았다. 제프를 못 믿거나, 그에게 실망해서는 아니다.

단지 타이밍의 문제였을 뿐이다. 그렇지 않아도 Vdec에서 벌어지는 여러 사건들 때문에 머리가 복잡한 그에게 또 한 가지의 고민거리를 던져주고 싶지 않았다.

그러나 이제 Vdec은 끝났다.

"어때요? 한번 고민해 주세요. 물론 지분이나 당장 고액의 연봉은 약속드리기 힘들어요. 그러나 자유를 드릴게요. 일정이나 조직의 요구에서 자유로울 수 있게."

"……"

"회사명만 바뀌었다고 생각하셔도 좋아요."

"……."

제프는 듣기만 했다. 자신이 만든 회사에서 함께 일하자는 제의, 이미 받을 만큼 받아보았다. 리스트인을 통해 들어오는 제의만 해도 쪽지함에 차고 넘쳤다.

고액의 연봉에, 지분을 약속하는 사람들의 제안이 하루에도 몇 통씩 들어왔다.

"생각해 보시고 연락 주세요."

용호가 제프에게 명함 한 장을 건넸다. 거기에 적혀 있는 건 용호의 이름이 아니었다.

FixBugs.

제프 던.

그의 이름이 적혀 있었다.

같은 장소, 같은 사람들.

바뀐 건 회사명과 자리, 그리고 직급밖에 없었다.

"아직 많은 것이 미흡합니다. 그러나 오래 걸리지는 않을 겁니다."

용호가 사무실을 둘러보았다. 아직 비어 있는 자리가 많았다. 캐시플로도 없이 50명이 넘는 Vdec의 전 인원을 채용할 수는 없다. 용호는 먼저 당장 필요한 프로그래머들부터 채용했다. 그리고 차차 나머지 인원들을 채용할 생각이었다.

오래 걸리지는 않을 것이다.

"이미 들으셔서 다 알고 계시겠지만, 회사명에서 보듯이 저희 회사는 버그를 전문적으로 고치는 회사입니다. 이미 솔루션 버전 1.0은 만들어진 상태입니다. 몇몇 회사들에서 테스트도 진행한 상태고요."

용호가 잠시 말을 멈추었다. 사무실에 보이는 빈자리가 유난히 눈에 밟혀 입을 떼기 힘들었다.

책상과 의자는 있다. 컴퓨터와 각종 사무 집기들도 있었다. 사무실을 임대하며 일괄 구매한 덕분이었다. 그러나 그 자리에 있어야 할 사람이 없었다.

"제 기억이 맞다면 저기 창가 쪽 자리에서 오른쪽으로 세 번째 자리에 항상 유쾌했던 제이콥이 앉아 있었습니다. 사무실을 들어서자마자 왼쪽 자리에는 제시카가 앉아 있었고요. 항상 밝은 미소로 아침 출근길을 즐겁게 해주었습니다. 중앙 통로 쪽에는 로빈슨이 있었죠. 말수가 많지는 않았지만 항상 책임감 있게 일해주시던 분이었습니다."

비어 있는 자리에 있던 사람 한 명, 한 명을 호명했다. 용호가 손가락으로 그 자리를 가리킬 때마다 사람들의 고개도 함께 돌아갔다. 그리 많지 않은 인원이었기에 다들 기억하고 있는 눈치였다.

용호의 이야기도 막바지에 다다르고 있었다.

"빈자리가 많습니다. 그러나 곧 다시 채워질 겁니다. 그리 오래 걸리지 않을 겁니다."

스스로에게 하는 말이기도 했다.

이미 첫 번째 계약이 진행 중이었다.

"아마 다들 쿠글에는 버그가 없다고 생각할 거야."

"당연한 거 아냐? 거긴 차원이 다른 곳이잖아."

"그렇기야 하지. 그런데 다들 이런 생각도 할 거야. 저렇게 많은 서비스를 제공하는데 버그가 없다? 말도 안 되는 소리지."

함께 앉아 있던 나대방도 동조했다. 쿠글도 사람이 일하는 곳이다. 실수가 있고 버그도 있는 것이다. 단지 에러 처리가 잘 되어 있기 때문에 보이지 않는 것뿐이다.

"이걸 한 번 봐봐."

용호가 보고 있던 노트북을 사람들이 볼 수 있는 방향으로 돌렸다. 화면에는 에러가 하나 떠 있었다.

Koogle.

404 That's an error.

File not Found.

옆에는 부서진 장난감 로봇이 그려져 있었다. 쿠글 개발자의 익살스러움이 잘 드러나는 화면이었다.

"이미 이런 걸 몇 건 찾아서 쿠글 측에 보냈어. 빠르기는 하더라. 신고한 지 채 하루도 안 돼서 같은 에러를 발견할 수 없었으니까."

그 말에 데이브가 용호를 질책했다.

"용호! 그걸 그냥 보내면 어떡해. 그럼 더 이상 해결해 줄 버그가 없잖아."

"아니, 아직 수두룩해. 내가 보낸 건 일부에 불과할 뿐이야. 그리고 오늘 관련 계약을 체결하기로 했고, 곧 쿠글에서 사람이 올 거야."

모여 있던 사람들이 알겠다는 듯 고개를 끄덕였다. 나대방은 이미 알고 있었다는 듯 태연했다. 당연한 일이다. 일의 진행 초기부터 용호와 소통했다. 법인 설립에서부터 Vdec에서 해고된 사람을 불러 모으는 일까지… 나대방이 없었다면 불가능했을 것이다.

"그래서 계약서를 함께 검토할 사람이 필요한데……."

용호의 말에 다들 시선을 회피했다. 컴퓨터 관련 일이라면 자신이 있지만 그 외에는 젬병인 사람이 대부분이다. 카스퍼스키는 이 모든 것이 자신과 상관없다는 듯 고고하게 눈을 감고 있었다.

"할 수 없지……."

용호가 내키지 않는다는 듯 읊조렸다.

MBA 출신의 수재가 회사에 한 명 있었다. 해고당했던 걸 용호가 다시 불러들였다.

"누나……."

유소현은 이제 그때의 어색함을 떨쳐낸 듯 다시 밝아져 있었다. 본래 구김이 없는 성격이었기에 가능했다.

유소현도 여자다.

감정을 거절당하고도 태연하게 평소처럼 생활할 수는 없었다. 이제야 다시, 조금 예전의 모습을 찾은 듯 보였다.

"다시 불러줘서 고마워."

괜찮다는 듯 태연한 목소리. 오히려 말을 꺼내는 용호가 조심스러웠다.

"아, 아니에요. 뭐, 당연히 그래야죠."

"그래. 뭐, 일 때문이지?"

용호가 그때의 일로 자신을 찾았을 리는 없다고 생각했다. 그 생각은 정확하게 들어맞았다.

"혹시 계약서 검토 좀 할 수 있을까 해서요."

유소현이 고개를 끄덕였다. 당연히 해야 할 일이다.

디자이너이자, MBA 졸업자.

다재다능한 그녀였기에 1차적으로 뽑은 것이다. 이런 일을 함께 맡기기 위해서. 항상 인력이 부족한 스타트업이기에 여러 가지 일을 동시에 할 수 있는 사람이 필요했다.

기존에는 없는 사업이다.

일종의 블루오션이라 생각할 수도 있다. 그러나 블루오션이라는 말은 반대로 시장 자체가 없다고 생각할 수도 있다.

"참고할 게 소프트웨어 테스팅 기업의 수수료밖에는 없네."

유소현이 그간 찾아낸 자료를 용호에게 건네주었다. 테스트를 통해 버그를 찾아주는 일을 하는 기업은 꽤 많았다.

그들에게 지급되는 금액은 대략 시간당 25달러가량, 이 금액으로는 수지를 맞출 수 없다.

"열 배는 돼야 할 것 같은데요."

용호가 생각하는 금액은 25달러의 열 배인 시간당 250달러가량, 한 달로 치면 4천만 원이 넘는 금액이었다.

일견 타당한 금액이다. 단순 에러의 경우에는 해결법이 그나마 간단했다. 그러나 프로그램 로직상에 발생하는 에러 같은 경우에는 해당 프로그래머가 개발한 것이 아니면 손대는 것조차 어려운 일이다. 그렇기에 이런 일로 사업을 영위하는 회사는 존재하지 않았다.

"흐음……."

"그래도 시장성은 충분하지 않을까요?"

"……."

유소현의 고민이 깊어졌다. 버그의 해결을 다른 회사에 맡기지 않는 이유는 또 있었다. 굳이 맡길 필요가 없는 것이다. 자사의 프로그래머가 해결해도 될 일을 타사에 맡길 이유가 어디 있겠는가?

그러나 그건 지금까지의 경우다. 과거에는 소프트웨어라는 제품 자체가 지금만큼의 영향력을 미치지 못했다.

전 세계적으로 부는 소프트웨어 열풍, 그곳에 분명 기회가 있다.

"자료가 없다면 자료를 만들면 됩니다. 누나는 계속 조사해 주세요."

용호와 유소현은 같은 문서를 보고 있었다. 쿠글에서 제시한 금액은 한 명당 한 달에 만 달러였다. 용호가 생각하는 금액의 1/4의 가격이었다.

"가치가 없다고 생각한다면 가치를 느끼도록 만들면 됩니다."

말에서 결연한 의지가 느껴졌다. 두 어깨가 무거워진 만큼 해내고자 하는 의지도 강해졌다.

쿠글에서도 용호의 FixBugs를 주목했다. Vdec에서 함께 근무했던 COO의 영향이 컸다. 그가 보기에 용호는 절대 허튼 말을 하는 사람이 아니었다.

그의 능력은 끝을 알 수가 없었다. 그것이 연결 고리를 만들어놓고자 하는 가장 큰 이유였다.

"Vdec 투자는 기대 이상이었네."

"감사합니다."

"제프는 당분간 쉰다고?"

"네. 당장 어떤 일을 할지 결정하지는 않는 듯합니다."

"항상 동향을 예의 주시하고 있어. 혹시나 활동을 시작하면 제일 먼저 접촉할 수 있도록 말이야."

"알겠습니다. 그리고 말씀드린 FixBugs 건은 어떻게 처리할까요?"

남자도 결재를 받아야 했다. 독단적인 판단으로 진행할 일이 아니었다.

"과연 할 수 있을까? 분명 실력이 있는 사람이긴 하지만 말이야."

"허언을 할 사람은 아닙니다."

"버그를 해결한다라… 테스트에서 끝나는 것이 아니라 버그까지 해결하는 게 어떻게 가능한지 참⋯⋯."

보고를 받는 남자도 이해가 가지 않는 듯했다. 이건 마치 하늘에서 별을 따다 준다는 말과 같았다. 운석을 채취할 수 있는 우주선을 만들어 지구 밖으로 쏘면 완전히 불가능하지는 않을 것이다.

그만큼 어렵다는 말이다.

"아마, 완벽하게 해결하지는 못할 겁니다. 그래도 어느 정도 가능성은 있으니 발을 걸쳐두는 게 어떨까요?"

"최대한 요구 사항을 들어주되, 너무 내주지는 않도록 하고."

"알겠습니다."

그렇게 결정된 것이 인당 한 달에 만 이천 달러라는 수수료였다. 쿠글에서 직원들에게 지급하는 일 년 연봉이 십만 이천 달러가량이다. 그 기준에서 책정된 것이다.

용호는 재고의 가치도 없다는 듯 단칼에 잘라 버렸다.

"그렇게는 안 됩니다."

"지금 지급하는 금액도 후하게 쳐드리는 겁니다."

"아니요. 저희가 가진 능력에 비하면 전혀 그렇지가 않습니다."

쿠글에서 제시한 금액은 용호가 생각하는 금액에 비하면 한참 부족했다.

"그러면 얼마를 생각하시는 겁니까?"

"인당 한 달에 5만 달러."

무려 다섯 배의 가격 차이에 남자가 기가 질렸다는 듯 난색을 표했다. 오히려 옆에 있던 나대방과 데이브가 용호를 말렸다.

"혀, 형님. 자, 잠시만 쉬고 이야기하시죠."

나대방이 잠시 용호를 데리고 바깥으로 나갔다.

"오, 오만 달러라니요."

"내가 없어도 회사가 굴러가려면 그 정도는 돼야 해."

"네?"

"우리가 가진 솔루션인 FixBugs의 성능이 아직 많이 부족해. 그래서 많은 돈을 받을 수가 없어. 그때까지 버티기 위해서는 내가 미국에 있을 때 최대한 돈을 많이 벌어두어야 해. 버그는 나만이 해결할 수 있으니까."

"그거야 저도 알고 있지만……."

"인당 오만 달러가 많다고 생각할 수도 있겠지만 상대는 시가 총액이 500조가 넘어가는 기업이야. 가치만 있다면 이 정도는 문제도 아니겠지."

아직 FixBugs 솔루션으로 회사를 운영하기에는 빠듯했다. 용호는 솔루션과 함께 자신이 직접 발로 뛰어 돈을 벌 생각을 했다.

"……."

"너무 걱정하지 마, 결국 수락하게 될 테니까."

용호가 나대방의 어깨를 툭툭 치며 다시 회의실 안으로 들어갔다.

회의실로 들어가자 스크린에는 피피티 한 장이 떠 있었다. 용호가 쿠글에 보낸 버그들과는 비교도 되지 않을 정도의 양.

버그 창을 통해 파악한 쿠글의 버그들이 일목요연하게 정리되어 화면에 떠 있었다.

＊   ＊   ＊

우리가 흔히 쓰는 인터넷의 대표적인 통신 규약이 HTTP다. hypertext transfer protocol.

이는 곧 하이퍼텍스트라는 문서를 전송하기 위한 약속이다. 정확히는 사용자의 웹 브라우저와 웹 서버 사이였다.

그렇기 때문에 어떤 인터넷 브라우저에서는 되는 것이 다른 브라우저에서는 안 되는 것이다.

공통적으로 정한 약속이지만 브라우저별로 약속이 다르게 구현되어 있기 때문이다.

액티브 엑스가 익스플로러에서 되는 것도 이러한 이유와 연관이 있다.

그럼에도 공통적으로 지키는 약속이 한 가지 있는데 그것이 바로 응답 코드다.

1××는 조건부 응답, 2××는 통신이 성공했다, 그리고 4××가

에러 코드였다.

400 : 잘못된 요청
401 : 권한 없음
403 : 접근 금지
404 : 페이지 없음.
405 : 허용되지 않는 방법 사용.
408 : 요청 시간 초과

수십 개가량의 에러 코드가 존재했다. 그 다양한 케이스들을 계약을 하러 온 쿠글 담당자에게 선보였다.

"어떻습니까?"

"크, 크흠……."

예상치 못한 내용에 담당자가 당황한 듯 침음을 토해냈다. 믿기지가 않는지 용호가 보여주는 결과를 다시 한번 확인했다. 담당자가 충분히 확인할 때까지 용호는 가만히 기다려 주었다. 나대방과 함께 잠시 나갔다 온 것도 충분히 에러를 확인할 시간을 주기 위해서였다.

"마, 많군요."

"네. 저도 이렇게 많을 줄은 몰랐습니다. 이 정도면 계약 대금을 올릴 근거가 충분하지 않습니까?"

담당자가 얼떨결에 고개를 끄덕거렸다. 그러나 금세 다시 고개를 저었다. 계약금에 대한 사항을 그 자리에서 바로 결정할 수 있는 권한을 가지고 있지 않았다.

"다, 다시 만나서 이야기를 나눠보도록 하죠."

일단은 상의가 필요한 듯 보였다.

"그럼 좋은 결과 기대하겠습니다."

계약하지 않을 수 없을 것이다. 그렇게 만들 것이기 때문이다.

바이후의 솔루션을 거의 비슷하게 디컴파일했다지만, 그 걸로는 부족했다. 거의 비슷하게 만든 것이지, 똑같이 코드를 생성한 것도 아니었다.

버그를 해결하는 것 또한 마찬가지였다. 아직 버그를 찾아내는 것도 완벽하진 않았다. 용호의 버그 창을 통해서 선명하게 보이는 버그를 FixBugs에서는 제대로 잡아내질 못했다.

'이걸로 돈을 벌어놓고, FixBugs를 더 정교하게 만들어야 돼. 쿠글에서 사용한다는 입소문도 타게 만들고.'

첫 번째 계약이 중요했다. 그리고 쿠글과 계약해야 했다. 세계 최고의 IT 기업에서 사용한다면 다음 판로는 크게 걱정하지 않아도 되리라.

'내가 없어도 회사가 돌아가려면 솔루션 판매가 급선무야. 그때까지 버틸 자금을 이번 거래를 통해 마련해야지.'

용호가 마우스를 움직여 SEND 버튼을 클릭했다.

'계약이 성사될 수밖에 없도록……'

계약은 성사될 수밖에 없다. 그렇게 만들어두었으니까.

처음에는 아주 간단한 에러들이었다. HTML 스크립트에서 발생하는 태그 오류, Deprecate된 코드들에서 시작했다.

"우리 회사에 이런 버그가 있었어?"

용호가 보낸 버그를 확인한 개발자들은 하나같이 공통된 반응을 보였다. 처음에는 신기하다는 반응이었다. 생각지도 못한 버그들이 용호가 보낸 메일에 적혀 있었다.

시간이 갈수록 신기하다는 반응은 사라졌다.

"누가 이렇게 짠 거야?"

용호가 보낸 메일을 확인한 누군가가 저도 모르게 중얼거렸다. 그렇지 않아도 기존 개발 중인 프로그램이 정체되어 있는 상태였다.

거기에 계속해서 다른 업무가 치고 들어오니 신경이 예민해졌다. 이미 해당 프로그램을 개발했던 개발자는 퇴사한 상황이었다.

코드를 처음부터 살펴봐야 하는 상황에 짜증이 나지 않을 수가 없었다.

"하아……."

짜증 섞인 말투 뒤에, 한숨이 흘러나왔다.

"이건 뭐 퇴사를 하라는 건가."

메일 운영 및 개발 담당으로 들어온 지도 이제 8개월이 다 되어가았다. 평균 근속 연수 1.1년인 회사에서 8개월이면 꽤 오랜 시간 동안 회사를 다닌 것이었다.

내부적인 검토 끝에 계약에 대해 긍정적인 결과가 FixBugs로 도착했다. 그러나 용호는 받아들이지 않았다.

"6만 달러로 가격이 변경되었습니다. 다른 쪽에서 일을 하자는 제의가 와서요. 그쪽 제안을 거절하고 쿠글과 일을 하려면 기존 조건으로는 안 될 것 같습니다."

"네?"

"6만 달러, 그 이하는 안 됩니다."

또다시 칼처럼 잘랐다. 며칠 사이에 가격을 만 달러 이상 올렸다. 용호로서는 그게 타당했다.

"또한 제가 며칠 동안 쿠글 측에 제공한 버그 리프트의 내용이면 그 이상의 가치를 담고 있다고 생각합니다만."

"……."

"타임 존 에러도 잡지 않았습니까."

쿠글 측에 보낸 버그 내용 중 하나였다. 단순화면 오류만 보낸 것이 아니었다.

타임 존 에러.

메일의 받은 시간이 나라별 시차가 전혀 고려되어 있지 않았다. 시간이 그리니치 표준시 하나로만 계산되어 사용자들의 불편을 야기하고 있었다.

묵묵부답인 남자를 향해 용호가 말을 이었다.

"그뿐만 아니라, 쿠글 스토어 ANR(Application Not Responding) 나는 것도 몇 가지 보냈고요. 아직 보낼 게 많이 있습니다. 이를테면 Page Rank 알고리즘이라든가……."

용호는 일부러 말끝을 흐렸다. 회사 자체가 검색 서비스를 기반으로 한다. 그리고 검색 서비스의 기반이 되는 것이 Page Rank 알고리즘이다. 핵심 중의 핵심이다.

"빨리 결정을 하시는 게 좋을 겁니다. 수수료는 계속 올라갈 테니까요."

용호의 말에 계약을 맺기 위해 왔던 남자의 행동이 급해졌다. 결코 허언을 하는 것 같아 보이지 않았기에.

나대방은 이해할 수 없다는 듯 밖으로 나가는 남자를 바라보았다.

"정말 올까요?"

용호는 카스퍼스키를 따라 하기라도 하듯 팔짱을 낀 채 눈을 감고 앉아 있었다. 그 상태에서 가만히 고개만 까딱거렸다.

"너무 무리하는 것 같아서……."

오히려 나대방이 안절부절하지 못했다. 혹시라도 계약이 틀어질까 전전긍긍하는 모습을 보였다.

"이번 계약으로 50억은 벌어야 돼, 솔루션 제공에 연간 10억, 버그 해결에 10명이 들어가서 다섯 달에 40억. 그래야 나머지 사람들도 고용할 수 있다."

한 명당 연봉 일억가량을 지급한다고 하면 50억이면 일 년을 버틸 수 있다. 그러한 생각에서 산출된 금액이었다.

용호가 생각하고 있는 금액에 나대방은 그저 기가 질릴 뿐이었다.

"커피 한 잔 사는 것도 아까워하던 형님 맞습니까?"

신세기에 함께 다닐 때, 항상 더치페이를 했다. 커피 한 잔 사는 것도 부담스럽게 느끼던 용호다.

지금의 모습은 상상하기 힘들었다.

"시간이 지나면 사람도 변하는 법이야. 쿠글에 메일 보내. 단가가 칠만 달러로 올라갔다고."

"네에?"

"똥줄 좀 태워야지."

남자가 FixBugs에서 나간 지 채 한 시간도 되지 않은 시점이었다.

*　　　*　　　*

"너무 조급하게 생각하지 말아요. 아직 몇 달은 버틸 수 있으니까."

"생각보다 너무 연락이 없어서……."

"당신은 경력이 있으니까, 금세 이직이 될 거예요."

여자의 위로에도 남자는 착잡한 마음을 감추지 못했다. 생각보다 시간이 더 걸리고 있었다.

자신을 찾아왔던 나대방은 빠른 시간 내에 '꼭' 재취업을 시켜줄 거라며 걱정하지 말라고 했다. 그러나 그것만 믿고 가만히 있을 수는 없었다. 수입이 있어야 생활을 영위할 수 있다.

"최대한 빨리 이직하도록 할게."

남자는 스스로에게 다짐했다. 가족을 곤란에 빠뜨리고 싶지 않은 마음이 절절히 전해졌다.

"응. 오늘 면접도 잘 보고 와."

여자가 남자의 옷매무새를 고쳐주었다. 넥타이를 다시 꽉 조였고, 양복 상의에 살짝 피어 있던 보푸라기를 제거해 주었다. 그 손길에 남자는 다시금 막대한 책임감을 느꼈다.

무겁게 고개를 끄덕인 남자가 문을 열었다. 문밖에 익숙한 얼굴이 서 있었다.

"제이콥, 아직 늦지 않았다면 같이 일할 수 있을까요?"

용호였다.

한 손에 고용 계약서를 든 용호가 서 있었다.

총 계약금 600만 달러.

쿠글과의 계약 체결로 용호가 받은 금액이었다. 파격적인 금액은 모든 사람을 놀라게 했다.

그렇게 들어온 돈으로 용호가 가장 먼저 한 일은 사람들을 고용한 일이었다.

Vdec에서 함께 일했던 사람들이 속속 재입사를 하며 빈자리도 하나씩 채워졌다.

워낙 우수한 인력들이었던지라 그사이 이직을 하거나 용호의 제안을 거절한 사람도 있었다.

그렇게 모인 사람들이 30명, 그러나 아직 한 자리가 비어 있었다.

"제프는 정말 쉬려나 보네요."

나대방이 아쉽다는 듯 중얼거렸다. 용호 역시 아쉬운 건 마찬가지였다.

거만하긴 했지만 카스퍼스키도 제프 앞에서는 함부로 행동하지 못했다.

그만큼 실력을 인정한다는 뜻. 그런 실력자가 FixBugs로 와 준다면 더할 나위 없는 일이었다.

"내가 한 번 연락해 볼까요?"

제시의 말에 데이브가 격하게 반발했다.

"하지 마!"

"그건 그거고, 일은 일이지. 회사에 필요하다잖아."

"그래도 하지 마! 하지 마! 하지 말라고! 내가 실력을 키우면 되잖아!"

아이처럼 칭얼거리는 데이브의 행동에도 제시의 반응은 한결같았다.

"지금은 실력을 키우는 사람이 아니라, 정점에 있는 사람이 필요해."

"그, 그래도 하지 마!"

데이브는 끝까지 인정하지 않았지만 결국 제시가 전화기를 집어 들었다.

"용호!"

자신의 이름을 부르는 데이브가 어떤 마음인지 대충 알 것 같았다. 그러나 제프를 포기하기는 힘들었다.

"데이브, 이번 계약이 잘 마무리되려면 제프가 꼭 필요해."

"내가, 내가 하면 되잖아."

"그, 그렇기야 하지만 제프가 있다면 더 수월하게 끝나지 않을까?"

쿠글에 가서 해결할 문제는 사실 용호 혼자서도 하고자 하면 할 수 있었다. 그러나 시간이 오래 걸렸다.

버그 창에 보이는 양만 해도 상당히 방대했다. 절대 혼자서 기간 안에 끝낼 수 있는 양이 아니었다.

또한 자신이 한국으로 돌아가면 미국 지사를 믿고 맡길 사람이 필요했다.

아직은 대안이 제프밖에 없었다.

"용호!"

데이브는 하루 종일 용호를 부르며 아기 새처럼 쫓아다녔다. 그러나 어쩔 수 없는 일, 제프는 꼭 필요했다.

"간판이 바뀌었군."

Vdec이라고 쓰여 있던 자리에 다른 회사의 간판이 붙어 있었다.

FixBugs.

최신 트렌드인지, 그래피티 아트로 현란하게 간판이 그려져 있었다.

"흠……."

똑같은 자리, 똑같은 사람들, 바뀐 건 회사명밖에 없다. 어차피 프로그램 개발이라는 같은 일이다.

만드는 건 달랐지만 크게 차이는 없으리라.

"제시… 용호……"

나지막하게 중얼거린 두 명의 이름, 한 명은 오래전부터 알고 지낸 사람이었고, 한 명은 근래 들어 익숙해진 이름이다.

비록 짧은 시간이었지만 강렬한 경험.

누구보다 큰 도움을 주었기에 절대로 잊히지 않을 이름이었다.

"어차피 평생 쉴 생각은 없었으니까."

제프가 간판 앞에 멈춰져 있던 발걸음을 옮겼다. 이내 건물 안에서 터진 환호성이 창문 바깥으로까지 들려왔다.

"안 돼!!"

비록 누군가는 절규했지만 말이다.

Chapter 5

안정화된 회사

너무나 유명해 모르는 사람을 찾기 힘들 정도였다.

Page Rank 알고리즘.

'100년 뒤에 전 세계의 나라가 모두 사라지면 쿠글 제국만이 남을 것이다'.

이런 말이 나올 정도로 거대해진 쿠글의 출발점이 바로 Page Rank 알고리즘이다.

핵심은 인용.

어떤 사용자가 작성한 웹 페이지가 더 많은 곳에서 인용될수록 중요도는 올라간다. 그렇게 올라간 중요도에 따라 페이지의 노출 순위가 바뀌는 것이다.

한때는 이 방법을 악용하는 사람도 있었다. 조회 수가 엄청난 스탠퍼드의 홈페이지 관리자가 돈을 받고 다른 사이트 링크를 달아준 것이다.

스탠퍼드 대학에 링크가 달린 사이트들은 당연히 노출 순위가 올라갔고 뒤늦게 이러한 사실을 알게 된 적도 있었다.

수억, 수십억 개의 웹 페이지에서 가장 상위에 노출되는 페이지는 바로 이렇게 인용이 많이 된 페이지다. 시간이 흐르며 다양한 방법이 적용되었지만 그 중심에는 Page Rank 알고리즘이 있었다.

용호가 이야기하는 것도 바로 그 알고리즘이었다.

"그걸 튜닝하겠다고?"

"네."

"어떻게? 도대체 어떻게?"

제프가 마음이 급했는지 자리에 앉아 있지 못하고 용호에게 다가왔다.

"이미 수많은 손을 거쳐 튜닝이 되었을 거라 생각해요. 그래도 고질적인 문제가 하나 남아 있죠."

"아! 불펌?"

"네. 그 문제의 성능을 개선한다고 했죠."

페이지 랭크 알고리즘의 문제였다.

웹 페이지는 인용된 곳이 많을수록 노출 순위가 올라간다.

그런데 불펌을 한다면?

원문을 링크하여 게시하는 것이 아니라 불법 복제하여 사용한다면 원문의 노출 순위가 올라가지 않는다.

용호가 지적한 부분은 바로 그 부분이었다.

"그런데 어떻게?"

제프는 오히려 궁금증이 더해졌다. 지금까지 나온 대화 내용은 자신도 알고 있는 것들이다. 단지 기억하지 못했을 뿐이다.

"일단 쿠글에 들어가서 이야기를 나누도록 해요."

용호는 이야기하기를 꺼려 했다. 코드도 보지 않고 코드 레벨을 말한다는 건 어불성설.

어차피 말해도 믿지 않을 것이다. 코드도 보지 않은 채 해당 코드의 문제를 말한다? 미친놈 취급이나 당하지 않으면 다행이었다.

일단 쿠글에서 약간의 코드라도 보고 나서 말하는 것이 자신이 알고 있는 것을 설명하는 데 도움이 될 듯했다. 먼저 쿠글 개발자의 이야기를 들어봐야 하는 이유였다.

대단한.

세계 최고의.

유일무이한.

경이로운.

단어 하나하나에 자사에 대한 프라이드가 드러났다. 그러한 자부심이 전혀 자만으로 느껴지지 않는 이유는 바로 이곳이 쿠글 본사이기 때문일 것이다.

설명하는 사람을 앞에 두고 용호가 자그맣게 소곤거렸다.

"우리 회사도 저렇게 될 수 있을까요?"

"…나는 못 했지만 너라면 될지도 모르지."

제프가 씁쓸하게 답했다. 자신도 꿈이 있었다. 비록 도중에 접긴 했지만 가능성도 보았다.

"부럽네요."

자사의 기술력에 대한 자부심 있는 저 모습이 부러웠다. 하지만 부러운 건 부러운 거고, 일은 일이었다. 검색엔진, 그중에서도 불펌된 자료에 대한 처리 과정을 설명하는 것도 끝을 보이고 있었다. 이제는 일을 해야 할 때다.

불펌된 자료보다 원문을 상위에 노출시키기 위해서는 다양한 방법들이 동원된다.

먼저 불법적인 인용인지부터 판단해야 했다. 거기서 일정 수치가 넘으면 불펌이라 판단하고 노출 순위를 낮춘다. 그다음에 적용하는 것이 사용자 체류 시간이다.

만약 원하는 웹 페이지를 찾았다면 해당 웹 페이지를 살펴보느라 검색 결과의 다음 페이지를 누르는 시간이 길어질 것이다.

용호의 버그 창에 나타난 부분도 바로 그 부분이었다.

바닥에 다이아몬드가 굴러다녀도 알아보지 못하면 돌멩이와 차이가 없다.

용호가 하는 작업 역시 마찬가지다. 이미 최적화에 최적화를 거치고 있는 쿠글의 검색엔진이다. 용호가 나선다고 해도 어떤 획기적인 성능 향상을 기대하기는 힘들었다.

5%, 아니, 2%나 될까? 그러나 쿠글에서는 단 1%의 성능 향상에도 대가를 지불한다.

십억 명의 1%는 천만 명, 1%의 성능 향상으로 천만 명의 고객이 혜택을 누리기 때문이다.

비록 1%에 불과했지만 그것이 쿠글에게는 다이아몬드와 같았다. 용호가 수정한 부분도 아주 소소한 부분이었다. 대단한 혁신이나 놀랄 만한 기법이 있는 것은 아니었다.

"여기, 시간 계산을 하는 부분 중에 밀리 세컨드의 round 함수를 없애면 성능이 더 나아질 겁니다."

round는 반올림을 하는 함수다. 수식 과정에서 잘려 나가는 나머지들을 고려해라. 언뜻 보면 누구나 생각해 낼 수 있을 법한 생각이었다. 그랬기에 그 가치를 지불하려 하지 않을지도 몰랐다. 그러나 그렇지 않았다.

제프가 필요한 또 다른 이유였다. 몇 개월을 쿠글에만 붙들려 일할 수는 없었다. 회사의 빠른 성장을 위해서 자신은 또 다른 먹거리를 찾아야 했다.

가장 핵심이 되는 부분만 자신이 해결하고, 나머지는 다른 사람들이 진행해도 상관없었다. 제프였기에 쿠글에서도 인정해 주었다.

"나머지 일들은 제프가 맡아서 해주세요. 부탁드려요."

"뭐, 나로서도 잘된 일이다. 한동안 코드만 보면서 여러 고민들도 잊고 말이야."

제프가 오히려 잘됐다는 답했다. 코드를 보다 보면 세상만사를 모두 잊게 된다. 그렇게 집중하며 시간을 보내다 보면 지금껏 겪었던 상처들도 치유될 것이라 생각했다.

"그러면 부탁드릴게요."

쿠글에 사람들을 남겨둔 채 용호가 발걸음을 옮겼다. 아직 하나의 계약밖에 체결하지 못했다.

갈 길이 멀었다.

옛말에 발 없는 말이 천 리를 간다고 했다. Vdec의 자리에 FixBugs가 생겼다는 사실이 실리콘밸리에 퍼져 나갔다. 그리고 새로운 사장이 Vdec의 CTO였던 용호라는 사실도 함께였다.

그러한 사실은 바이후에 근무하는 첸쉐썬에게도 들어갔다.

'가고 싶다……'

퇴사를 하고 FixBugs라는 회사로 이직을 하고 싶었다. 그러나 그럴 수 없다. 금세 소문이 퍼질 것이다. 아직은 때가 아니었다.

'아, 어떻게 하지.'

첸쉐썬은 기회만 노리고 있었다. 간다고 해도 용호가 받아줄지는 모를 일이다.

그러나 자신이 내부 고발자라는 사실을 알게 된다면… 아마 좋은 결과를 기대해도 될 것 같았다.

                    *   *   *

  귀사의 소프트웨어에 버그가 있습니다.

  그리고 여기 해결책이 있습니다.

  FixBugs를 사용하세요.

  용호는 회사에 앉아 사람들이 찾아오기만을 기다리지 않았
다. 선제적으로 버그를 확인하고, 확인된 몇몇 버그들을 첨부
하여 실리콘밸리에 존재하는 소프트웨어 회사들에 메일을 뿌
렸다.

  어떨 때는 스팸 메일 취급을 받기도 했다. 그러나 용호의 메
일을 찬찬히 확인하는 사람도 분명 존재했다.

  "버그라고?"

  메일을 받아본 사람이 첨부된 엑셀에 나열된 용호의 1차 컨
설팅을 차근차근 확인해 보았다.

  어?

  아?

  설마?

  "……."

  놀람 끝에는 긴 침묵이 찾아왔다. 어떻게 했는지 하나같이
정확하게 버그를 지적해 놓았다. 그걸로 끝이었다면 그리 놀라
지도 않았을 것이다.

  한 치의 오류도 없는 해결 방법.

마치 게임의 튜토리얼처럼 따라 하기만 하면 버그가 사라져 버렸다.

"이, 이건 사기야……."

마치 처음부터 버그가 없었던 것처럼 사라져 버렸다. 혼자서 중얼거리는 것을 옆에 앉아 있던 동료가 이상하다는 듯 바라보았다.

그러나 그런 것에 신경 쓸 겨를이 없었다.

"진짜네……."

아마 자신이 해결하려 했다면 꼬박 하루는 걸렸을 것이다. 버그를 찾아낸 것도 신기했지만 그걸 해결한 건 신기를 넘어섰다.

"일단 매니저한테 연락을 해야겠어."

그러나 연락할 필요도 없었다. 이미 매니저도 용호의 메일을 받은 상태였다. 그리고 그 즉시 FixBugs에 연락을 취했다.

따르릉.

따르르릉. 따르르릉.

30명이 넘는 직원이 전화기를 붙잡고 매달려 있었다. 쿠글 쪽 프로젝트를 진행하기 위해 이미 10명이 넘는 인원이 빠진 상태였다. 그러나 그들의 빈자리가 느껴지지 않을 만큼 사무실은 활기에 차 있었다.

프로그램을 개발하는 개발자들까지 전화를 받아야 하는 상황이었다.

"네, 알겠습니다. 일정을 확인해 보겠습니다."

"아, 현재 사장님께서 밖에 나가 계셔서요. 연락처 남겨놓겠습니다."

"솔루션을 구매하고 싶다고요?"

전화를 건 용무는 대부분 비슷했다. 용호를 찾거나, 솔루션을 구매하거나, 그것도 아니면 둘 다였다.

실리콘밸리에 뿌린 용호의 메일이 효과를 발휘하고 있었다.

"이제 어떡할 거냐?"

카스퍼스키도 질렸다는 듯 사무실을 바라보며 용호에게 물었다.

한마디로 난장판.

너무 시끄러웠기에 조용한 곳으로 피신을 온 상태였다. 조용히 앉아 생각에 잠겨 있을 수가 없었다.

"어떻게 하긴, 씨를 뿌렸으면 수확을 해야지."

"뭐?"

"너도 밥값 할 때가 됐다고 생각하지 않아?"

"……."

"수금하러 가자."

용호가 옷을 챙겨 들고 자리에서 일어났다. 카스퍼스키는 따라가고 싶지 않은 듯 인상을 썼지만 결국에는 일어났다.

사실 어떻게 문제를 해결하는지 궁금하기도 했다. 그리고 줄줄이 데이브와 나대방이 따라나섰다.

하루 24시간이 부족하도록 일정은 꽉 짜여 있었다.

십만 달러.

이십오만 달러.

삽십만 달러.

FixBugs의 법인 통장에 찍혀 있는 숫자였다. 기대 이상의 매출이 발생했다.

물론 가장 큰 액수는 쿠글과 체결한 계약이 차지했다. 그리고 그만큼의 돈을 한 달 사이에 벌어들였다.

도합 천만 달러.

마침 바이후에서 받은 손해배상금도 통장으로 입금되어 있었다. 거기에 Vdec의 지분을 쿠글에 넘기면서 받은 돈까지.

'이거… 나도 이제 부잔데?'

통장을 보는 용호의 입가에 미소가 끊이지 않았다. 헤프게 쓰지만 않는다면 크게 돈 걱정을 하지 않아도 될 만큼의 액수가 통장에 찍혀 있었다.

비록 법인 통장의 돈은 마음대로 쓸 수 없다지만 FixBugs의 지분 100%가 자신의 것이다.

'어차피 배당하면 다 내 거잖아.'

그 생각 그대로였다. 배당을 실시하는 순간 대부분의 돈은 용호의 것이 될 터였다.

'일단 인센티브부터 지급해야겠다.'

용호는 먼저 직원들을 생각했다. 실업의 불안에 떨었을지도 모를 직원들에게 보상을 해야 한다고 생각했다.

직원들이 먼저 회사가 망하지 않기를 바라도록.

"저기, 이번 달 월급이 좀 이상한데요?"

경영 지원팀으로 직원 한 명이 문의를 해왔다. 계좌에 찍혀 있는 액수가 평소와 달랐다.

"어떤 점이 이상하다는 건지······."

"평소 월급의 열 배가 넘는 돈이 들어와 있어서요. 뭔가 잘못된 것 같은데요."

돈이 들어왔으면 좋아할 법도 하건만 오히려 의문을 제기했다. 투철한 준법정신이 돋보이는 행동이었다.

근처에 앉아 있던 용호도 실소를 지었다.

'이런 사람들을 자르다니.'

"아, 서프라이즈 인센티브예요. 그동안 고생했다고 사장님이 지시한 겁니다."

"네?"

"Vdec 시절부터 고생했다고 이번 달에 인센티브를 지급하셨어요."

문의를 하러 왔던 남자가 용호를 바라보았다. 그 눈빛이 부담스러웠는지 용호가 서둘러 자리에서 일어났다.

"외근 나갔다 올게요."

그러고는 부리나케 밖으로 나가 버렸다. 개개인별로 액수는 달랐지만 대략 월급의 열 배 정도가 되는 금액이 인센티브로 지급되었다. 사무실에 훈훈한 훈풍이 불려 했다.

*　　　　　*　　　　　*

시간이 지날수록 눈치가 보였다.

언제까지 함께 지낼 것인가.

이제는 직함까지 사장으로 바뀐 상황이다. 더 이상 데이브의 집에서 함께 사는 것은 민폐였다.

"이사를 하려고."

"이사? 왜 같이 살지."

순간 제시가 데이브의 허리를 꼬집었다.

"아, 왜!"

"흠, 흠."

제시가 멋쩍은 듯 연신 헛기침을 토해냈다. 용호는 그런 둘의 모습이 귀엽다는 듯 바라보았다.

"경제적으로도 괜찮아졌고, 눈치도 보이고."

말을 하던 용호가 슬쩍 제시 쪽을 바라보았다. 제시도 부끄러운지 고개를 돌린 채 먼 산을 쳐다보았다.

"그렇게 멀리 가지는 않을 거야."

그렇게 이사가 결정되었다.

나대방과 함께 살 집이기에 좁은 집은 제외였다. 각각의 개인 공간이 있어야 했다. 또 회사와 거리가 가까워야 했다. 다양한 조건을 모두 충족시키기 위해서는 돈이 필요했다.

그러나 문제는 없다.

돈은 충분했다. 입지가 문제였다.

"넌 어디가 좋냐?"

나대방의 의견도 무시할 수 없기에 물어보았다. 방금 전에도 40평 정도의 주택을 보고 나온 참이었다. 가격은 3,000불 정도로 적당한 가격이었다.

"형님, 이런 데 말고 좀 높은 데 살면 어떻습니까?"

"높은 데?"

"고층 아파트 있잖아요. 바다도 보이고 야경도 보이고."

"네가 낼 거냐?"

"아, 거참. 사람이 그런 데도 한번 살아보고 그래야지."

나대방이 너스레를 떨었다.

"알았다. 보자, 봐."

사실 용호도 호기심이 생기기는 했다. 고층 건물 그 위에서 바라보는 야경도 궁금했다. 이미 돈은 지속적으로 들어오고 있었다. 그런 곳에서 한번 살아보는 것도 나쁘지는 않은 듯했다.

발아래로 반짝이는 무수한 불빛들이 줄지어 이동 중이었다. 조금만 시선을 더 멀리 두면 샌프란시스코 만까지 보였다. 그 절경에 용호는 한동안 아무 말도 하지 못했다.

하늘에서 쏟아지는 달빛을 받은 바닷물이 다이아몬드처럼 반짝였다.

'좋다.'

이런 곳에서 살고 싶다는 생각이 절로 들었다. 집 안은 흠잡을 곳이 없을 만큼 깔끔했다. 하얀색 대리석이 깔끔함을 더했다. 두 개의 침대에 두 개의 화장실, 두 명이 살기에는 제격이었다.

"형님, 여기 좋은데요?"

나대방도 마음에 드는 듯 연신 얼굴에서 웃음이 떠나가지 않았다.

"나도 좋다."

"그럼 계약하시는 겁니까?"

용호는 창가에 서서 가만히 고개를 끄덕였다.

"그래, 하자."

그간 고생했으니 이 정도의 사치는 부리자.

'수고했다.'

창문에 비친 용호의 모습이 유달리 커 보였다.

계약을 하고 이사를 하며 새롭게 장만한 가구가 하나 있었다. 흔들의자.

등받이는 천연 가죽으로 처리가 되어 있고, 버팀목은 원목으로 만들어져 고급스러움을 더했다.

흔들의자의 위치는 바깥이 보이는 창가. 그곳에 두 대의 의자를 놓아두었다.

용호와 나대방의 자리였다.

"형님, 이제 앞으로는 어쩌실 생각입니까?"

나대방이 손에 들고 있던 발렌타인 21년산을 한 모금 마셨다. 진한 위스키의 향이 목을 타고 흘러나와 주변으로 퍼져갔다.

"잘 해야지."

"그거야 당연한 거고요."

용호가 들고 있던 잔을 흔들었다.

찰그락. 찰그락.

잔 속에 들어 있던 얼음이 찰그락거리며 부딪쳤다.

"돈도 많이 벌고… 여행도 다니고… 나 같은 사람들도 돕고."

"햐, 그런데 정말 아름답지 않습니까?"

나대방이 창문 바깥으로 보이는 절경을 보며 감탄을 토해냈다. 알코올의 힘이 작용했는지 감수성이 풍부해진 듯했다.

"제가 뭐라 했습니까. 형님은 크게 될 사람이라고 하지 않았습니까."

"그러고 보면 너도 참 무모해."

"이건 무모한 게 아니라, 사람 보는 눈이 있는 겁니다."

"그래, 네 말이 맞다, 맞아."

용호도 과거를 반추해 보았다. 미국에 처음 왔을 때, 그리고 그 이후 겪었던 사건 사고들까지… 하나같이 쉬운 일이 없었다.

'데이브의 추천이 없었다면 아마 시작하지 못했을 수도 있겠지.'

미국은 추천의 나라라고 할 만큼 추천서에 민감하게 반응했다. 개인의 능력만큼이나 이미 인정받고 있는 사람의 추천도 중요했다.

'이제 나도 누군가를 추천할 수 있는 사람이 된 건가.'

그것이 용호에게 또 다른 의미로 다가왔다.

*　　　　*　　　　*

인도계 TiE(The Indus Entrepreneurship)

중국계 AAMA(Asia America Multitechnology Association).

실리콘밸리에는 다양한 이익집단들이 존재했다. 모두 각자의 이익을 더욱 극대화하기 위해 조직을 만들고 활동하는 것이다.

그리고 이런 조직들은 실리콘밸리에서 매일 밤 수많은 파티를 연다. 파티를 통해 사람들을 만나고 정보를 공유하기 위함이었다. 용호가 흔들의자에 앉아 위스키 한 잔으로 목을 축이고 있을 때도 그건 마찬가지였다.

"이용호? 처음 들어보는 이름인데."

"거의 외부 활동을 하지 않아서 그럴 겁니다."

"그 사람이 FixBugs의 사장이라고?"

"네. 그래서 저희 단체에 가입하면 좋을 것 같아서……."

두 사람은 서로 한국말로 대화를 하고 있었다.

"뭐, 자네가 하는 말이니 틀리지는 않겠지."

"그럼 초대할까요?"

"그렇게 하지. 다음 모임에 한번 부르도록 해봐."

"알겠습니다."

이야기를 끝마친 모임의 회장이 아는 사람을 만났는지 자리를 떠났다.

KSN(Korea Silicon Valley Network)의 한 사교 파티장에서 일어난 대화였다.

출근을 하자마자 비서가 용호의 사무실로 들어왔다.

"KSN?"

"네, 사장님께 꼭 전해 달라면서 연락이 왔었습니다."

"뭐 하는 곳이래요?"

"한국인들이 모여 만든 정보 공유 모임이라고 하던데요?"

"흠… 알겠습니다."

'TiE나 AAMA 같은 곳인가.'

용호도 이미 알고 있었다. 모를 수가 없었다. 실리콘밸리 IT 산업에서 인도를 빼놓고는 말할 수 없다. 쿠글의 최고위 임원 자리를 인도인이 다수 차지하고 있었다.

쿠글만이 아니다.

이름만 말하면 알 만한 유수의 기업들에 속속들이 인도인들이 포진해 자리를 지켰다. 그들이 만든 단체가 TiE였다. 서로 정보를 공유하고, 적절한 투자처를 찾아 투자도 진행한다.

그리고 그에 못지않은 곳이 중국계가 만든 AAMA였다.

'어차피 나도 하려고 했던 일이니, 한 번 가보는 것도 나쁘지

는 않겠어.'

데이브의 추천이 있었기에 자신이 이 자리에 올 수 있었다. 데이브에게도 물론 감사하고 있다.

'이왕이면 같은 나라 사람들이 잘되도록 도와도 주고, 투자하기도 하고.'

너무 일만 하며 살아왔다. CEO가 되면 일을 하는 것도 중요하지만 사람을 만나는 것도 중요하다.

제프를 보면서도 절절히 느꼈다.

'사람이 중요하지. 그러기 위해서는 많이 만나 봐야 하고.'

모임은 바로 다음 날이었다.

금요일 저녁.

용호는 어차피 할 일이 없는 나대방도 대동하려 했다.

"너도 같이 가자."

"엑? 저요?"

"그래, 오랜만에 같은 나라 사람들도 만나보고 말이야."

"저, 저는 별로······."

"왜? 뭐 약속이라도 있어?"

용호가 의심스러운 눈초리로 나대방을 쏘아 보았다. 만약에라도 약속이 있다면 최혜진에게 말하겠다는 강력한 의지를 담아서.

"아니 뭐, 약속이라기보다. 굳이 제가 갈 필요가 없잖습니까."

"집에 가봤자 할 것도 없잖아. 그냥 따라와."

내심 걱정도 되었다. 아는 사람 한 명 없는 곳으로 가서 무슨 이야기를 해야 할지 감이 오지 않았다. 그나마 나대방이라도 데려가면 좀 나을 것 같아서 데려가려 했다.

그러나 나대방은 계속해서 거부 의사를 밝혔다.

"아, 진짜 싫은데⋯⋯."

"좋은 말로 할 때 그냥 따라와라."

용호의 계속되는 회유와 다그침 끝에 겨우 나대방도 데려갈 수 있었다.

모임은 실리콘밸리에 위치한 호텔 1층에서 열리고 있었다.

"꽤 좋은 데서 하네."

호텔로 들어서자 KSN 모임 말고도 다양한 모임들이 한창 열리고 있는 중이었다.

"야, 얼굴 좀 펴."

그때까지도 나대방의 얼굴은 죽상이었다. 그런 나대방을 보며 용호가 말을 이었다.

"모임이 되게 많다."

"형님이야 워낙 이런 활동을 안 하시니까요."

"하긴, 그렇기야 하지."

사실 이런 모임을 좋아하지 않았다. 그 시간에 코드를 한 줄이라도 더 보는 것이 생산적이라 생각했다. 그러나 이제는 이런 모임에도 참가해야 할 것 같은 의무감 같은 것이 생겨 버렸다.

"형님, 저쪽 아닙니까?"

지리를 몰라 두리번거리는 용호에게 나대방이 손가락으로 한쪽을 가리켰다. 그곳에 오늘의 목적지가 있었다.

이미 등록이 되어 있었는지 간단한 확인 절차를 거친 후 안으로 들어섰다. 안쪽에는 정말 다양한 사람들이 대화를 나누고 있었다.

대부분이 한국인이었으나 외국 사람들도 눈에 띄었다.

"이, 이제 뭘 하면 되냐?"

난감했다. 그리 넓지 않은 공간이 사람들도 가득 차 있었다.

이제 어떻게 해야 한단 말인가?

무작정 모르는 사람에게 다가가 말이라도 해야 한다는 건가. 용호는 난감함을 감추지 못하고 나대방에게 다시 물었다.

"응? 넌 뭐든 다 아니까. 말 좀 해봐."

이런 상황을 대비해 나대방을 데려왔다. 그러나 나대방도 굳어진 입술을 떼지 않았다. 마침 누군가와 눈이 마주친 듯했다. 피하려 했지만 그 남자가 먼저 다가왔다.

채 40살은 되지 않아 보였다. 멋을 내지 않은 듯 보였지만 디테일이 달랐다. 상의 한쪽에 꽂혀 있는 행거칩의 브랜드가 지방시였다.

"어, 나대방?"

"하하, 안녕하십니까."

"정말 오래간만이네, 네가 여긴 웬일이냐?"

"그, 그게 어쩌다 보니."

"왔으면 연락을 하지 그랬어."

이미 둘은 서로 아는 사이인 듯 보였다. 용호만이 꿔다 놓은 보릿자루처럼 옆에 가만히 서 있을 뿐이었다.

"실리콘밸리에는 뭐 하러 왔어. 일? 사업? 아버지가 보내신 거냐?"

남자는 궁금한 게 많았는지 쉴 새 없이 질문을 쏟아냈다. 나대방은 어색함을 감추지 못한 채 연신 뒷머리를 긁적였다. 그러면서도 용호의 눈치를 보는 것을 잊지 않았다.

"뭐야, 말 좀 해봐. 아… 혹시 FixBugs? 오늘 FixBugs 사장이 온다던데 그게 너였냐? 너 대학 때 전공이 컴퓨터였잖아."

남자는 나대방의 대학 시절까지 알고 있는 듯 친근하게 굴었다. 그러고는 자신의 짐작이 맞았다는 듯 호들갑을 떨었다.

"맞네, 맞아."

그러다 이내 뭔가 이상함을 느낀 듯했다.

"아닌데, 그 사장 이름은 '나'씨가 아니었는데……."

호들갑을 떨다 이내 생각에 빠진 남자를 용호가 바라보았다.

'내가 사장이다, 이놈아. 이건 뭐 말해줄 수도 없고.'

용호가 나대방을 지긋이 바라보았다. 용호는 누구냐고 물어보는 눈빛이었지만 나대방이 오해한 듯했다.

"아, 그 사장은 제가 아니고 이분이세요."

"응?"

"여기 이분이 FixBugs 사장이에요. 이름은 이용호, 저는 이분 밑에서 일하고 있고요."

"하하, 안녕하십니까. 이용호라고 합니다."

용호가 남자에게 살짝 고개를 숙이며 손을 내밀었다. 비록 처음 소개가 개운치 않았지만 용호는 그리 신경 쓰지 않기로 했다.

뭐 그럴 수도 있는 일 아닌가. 대범하게 생각하기로 했다. 단지 나대방을 바라보는 눈초리는 더욱 매서워졌다.

'돌아가서 보자.'

뭔가 숨기고 있는 게 있다면 밑바닥까지 탈탈 털어버릴 생각이었다. 숨고 숨기는 거라면 이제 질색이다.

Chapter 6
이너 서클

남자는 자신을 강경일이라고 소개했다. 그러고는 이내 멋쩍은 웃음을 지으며 용호가 내민 손을 맞잡았다.

"그러셨군요. 반갑습니다."

멋쩍은 웃음은 금세 사라졌다. 크게 개의치 않는 모습이었다. 전형적인 접대형 인간, 그 모습이 묘하게 용호의 신경을 건드렸다. 상황을 개의치 않는 것이 아니라 사람을 개의치 않는 모습.

위에서 아래를 보는 듯한 느낌이었다.

'정진용 같은 놈이 또 있네.'

정진용 그를 보는 것 같았다.

"아, 네."

그리 좋은 첫인상이 아니었기에 용호도 건성으로 답했다. 그 사이 FixBugs 사장이라는 말을 듣고 모인 사람들이 주변을 둘러쌌다.

"오셨군요."

그중에는 용호를 이곳으로 초대한 사람, KSN의 총무 '에릭 김'도 있었다.

서로 간의 탐색전이 펼쳐졌다. 1 더하기 1은 2처럼 정확한 답이 있는 일이 아니었기에 더욱 피곤했다.

사람을 만난다는 것 자체가 심력을 소모하는 피곤한 일이다. 용호도 그러한 사실을 충분히 알고 있다.

그리고 알고 있는 것과 막상 실제로 해보는 것은 또 달랐다.

'계속 이러고 있어야 하나.'

대부분의 질문들이 식상한 것들뿐이었다.

어떻게 FixBugs를 개발하게 되었나.

그전에는 무슨 일을 했나.

결혼은 했나, 나이가 몇이냐.

대학은 어디를 나왔나.

하나같이 지루한 질문들밖에 없었다.

'그래, 여기가 한국이구나.'

개인적인 질문은 거의 하지 않는 외국인들과는 달랐다. 용호는 한국은 아니지만 한국에 온 듯한 느낌이 들었다. 그럴 수밖에 없었다. 주변을 둘러싸고 있는 사람들 대부분이 한국인이었으니.

너무 많은 사람을 상대했다. 피곤함에 하품이 밀려왔다. 이
제 슬슬 자리를 뜨려 하는데 에릭 김이 물어왔다.

"혹시 투자는 받으셨습니까?"

"아니요."

"그러면 투자 진행은 어떻게……."

대부분의 사람들이 사업을 시작하면 투자 받기를 원한다.
더 큰 과실을 따기 위해 거름을 주는 것이라 생각하는 것이다.
그러나 용호는 아니었다.

"저는 투자 받을 생각이 없습니다."

"투자 받을 생각이 없다고요?"

"네."

"왜… 투자를 받으면 단순히 돈만 받는 것이 아닙니다. 투자
해 주는 곳에서 기업의 홍보나 다른 회사들과의 연계, 나스닥
상장까지… 지원해 주는 것이 한두 가지가 아닌데……."

에릭 김이 아쉽다는 듯 중얼거렸다. FixBugs는 실리콘밸리
에서 뜨겁게 떠오르는 기업 중 하나다. 이렇게 안면을 익히는
것에도 목적이 있지만 KSN에서 자체 보유하고 있는 자금으로
투자를 하고자 하는 생각도 있었다.

TiE나 AAMA도 사정은 비슷했다.

"다른 말로 하면 간섭받는다는 뜻이기도 하니까요."

용호가 투자를 받기 싫어하는 가장 큰 이유였다.

간섭.

이래라저래라, 일해라 절해라.

그것이 싫었다.

"후······."

밖으로 나오자마자 용호가 긴 한숨을 토해냈다. 그건 옆에
있던 나대방 역시 마찬가지였다. 한숨을 토해내던 나대방이 들
이컨 숨을 내뱉지 못하고 잔기침을 해댔다.

용호의 눈빛을 확인한 탓이다.

"너, 뭐냐."

"네?"

"정체가 뭐냐고."

"뭐긴 뭡니까. 나대방, 형님의 오른팔 아닙니까."

애써 밝은 미소를 지으며 말하는 나대방에게 용호가 음산하
게 중얼거렸다.

"너도 알지? 내가 뭔가 숨기는 걸 얼마나 싫어하는지."

"···혀, 형님."

"어서 말해봐."

용호의 물음에 나대방은 더 이상 물러설 곳이 없음을 실감
했다. 이제 사실을 말해야 할 차례다.

전혀 예상하지 못했다.

국회의원이라니, 정말 꿈에도 생각지 못했다. 신세기에서 당

당하고 자신 있는 모습에 뒷배가 있을 거라 어림짐작은 했다.

그래도 국회의원이라니, 그것도 3선이나 한 중진 의원이었다.

"……"

"이런 걸 말하면 꼭 사람들이 형님처럼 반응해서 말을 안 한 겁니다. 배경으로 저를 평가할까 봐요."

"쩝."

용호는 괜히 입맛만 다셨다. 나대방의 아버지가 국회의원인 것이 무슨 잘못인 것도 아니다. 그저 아버지 직업이 국회의원 일 뿐이다.

"어서 돌아가죠. 저도 오늘은 피곤합니다."

"그래, 가자."

용호도 피곤했다. 너무 많은 사람을 만나고 너무 많은 이야기를 들었다. 잠이 필요했다.

용호가 밖으로 나가고 강경일이 빠르게 통화 버튼을 눌렀다.

"형, 제가 여기서 누구 봤는지 아세요?"

"나대방?"

"어?"

"이미 알고 있다."

익히 알고 있는 목소리였다. 강경일의 통화 상대는 신세기의 부회장 정진용이었다.

"모임에 안 나온다 했더니 여기 있을 줄이야. 형은 어떻게 아셨어요?"

"……."

"그것도 아세요? FixBugs라고 요즘 실리콘밸리에서 핫한 기업이 있는데 거기 임원이라는 거."

"그래."

모를 수가 없다.

FixBugs.

신세기 차세대 시스템을 개조시켜 준 회사였다. 당시 일을 하러 왔던 사람 중 나대방도 있었다.

같은 케이 소사이어티 일원으로 안면은 있었다. 그러나 그리 친해질 수 없었다. 나대방이 자신을 피하는 듯했기에, 자신도 굳이 먼저 다가가지 않았다.

어차피 야당 의원의 아들. 중진 의원이라지만 자신의 위치가 그 아들에게까지 매달릴 정도는 아니었다.

"컴퓨터 한다더니 여간 대단한 게 아니네요. FixBugs면 쿠글에서도 투자를 하지 못해 안달이 난 회산데."

"그 정도란 말이지."

"네. 기술력 자체도 대단하고 앞으로의 시장성도 크게 보고 있나 봐요."

"연락 줘서 고맙다. 앞으로도 이벤트가 생기면 연락 주고."

그러고는 이내 전화를 끊었다.

'FixBugs가 괜찮다는 말이지…….'

정진용도 스타트업, 실리콘밸리, 신기술 같은 것들에 상당한 관심을 쏟고 있었다.

CEO는 그런 자리였다.

다양한 정보를 수집하여 결정을 내리는 일.

다양한 정보에는 사람도, 일도, 기술도 포함된다. 제한 범위가 없는 것이다.

한 번 사람들을 만나고 오자 KSN에서는 지속적으로 연락이왔다. 정보 공유라는 대의 아래 친목을 겸하고 있는 게 모임의기본 방향이다. 친목을 위해서는 되도록 많이 보는 것이 최고였다. 그러나 용호는 그게 부담스러웠다.

"이제 그냥 네가 가. 어차피 나는 아는 사람도 없고."

"싫습니다."

"그냥 가라, 제발. 응? 가서 세상 어떻게 돌아가는지도 듣고와서 나한테 알려줘야지."

"거기 간다고 해서 세상 돌아가는 걸 아는 건 아니지 않습니까."

"아오, 저걸."

"형님이 아는 사람이 없으니 가야죠. 아는 사람 만들러 가는 게 모임 아닙니까."

"뭐?"

"아니, 그렇잖아요."

"말이나 못 하면……."

나대방도 용호에게 지지 않고 맞섰다. 회사는 이제 시스템을갖추었다. 하루가 다르게 계약은 늘고 고객사 역시 늘어났다.

그에 발맞추어 용호가 만든 FixBugs의 버전도 차츰 업데이트가 되고 있었다.

더할 나위 없이 좋은 상황, KSN 뿐만 아니라 이곳저곳에서 연락이 오고 있었다.

모임에 한 번만 나와 달라.

투자를 하고 싶으니 미팅을 가지자.

뉴스 인터뷰를 하고 싶다.

각양각색의 이유로 사람들이 용호를 만나고자 했다. 이미 KSN 모임에 나가본 결과 용호는 절실히 느꼈다.

'모임은 내 적성이 아냐.'

그 뒤로는 대부분의 모임을 완곡히 거절하고 있는 중이었다. 거기에 더해 투자를 한다는 것도 거절했다. 그나마 할 만한 것이 인터뷰였다.

"어디 신문이라고?"

"실리콘밸리 메트로입니다."

비서가 참고하라며 주간지를 가져왔다. 그 주간지를 장식하고 있는 1면 기사가 특히 눈에 띄었다.

FindBugs 천만 달러 투자 유치.

강경일 CEO의 인터뷰.

얼마 전 만났던 그 남자가 주간지 1면을 장식하고 있었다.

"형 말대로 VC(Venture Capital)들 관심이 엄청나요."

"그럴 수밖에. 네가 말했잖아. FixBugs가 시장을 개척하고 있다고."

"그렇기야 하지만 이 정도일 줄은 정말 몰랐네요."

강경일은 연신 감탄을 토해냈다. 처음 정진용이 말했을 때만해도 긴가민가했다. 막상 뚜껑을 열어본 결과는 손도 대지 못할 만큼 뜨거웠다.

"뭐든지 두 번째, 세 번째 나오는 것까지는 기회가 있는 법이야. 1등을 제칠 수 있는."

"FindBugs 오픈 소스 커미터를 고용해서 솔루션을 만든 게 주효했던 것 같아요."

"이미 FixBugs가 나왔을 때 누구나 생각하고 있었겠지. 그래서 그 사람도 솔루션을 만들고 있었던 거고."

"하여간 형이 사업 보는 눈은 알아줘야 한다니까요."

그 뒤로도 강경일은 혀에 침이 마르도록 정진용을 칭찬했다. FindBugs라는 회사를 세운 공은 전적으로 정진용에게 있었다.

세상에 단 하나뿐인 솔루션은 없다. 어디에나 프로그램이 하나 나오면 금세 비슷한 다른 프로그램이 나오기 마련이다.

만약 그 프로그램이 기존의 제품을 뛰어넘는다면 1등의 자리를 차지하고 그렇지 않다면 2등에 머무는 것이다.

RDB의 대명사 오라클, 그리고 sqlserver, 문서 편집 프로그램인 워드, 한컴 등등 그 사례는 헤아릴 수 없을 만큼 많았다.

용호 역시 그 점을 인정하고 있었다.

"우리 프로그램을 베낀 것도 아니고 할 수 없지."

"FindBugs 제작자가 참여했을 줄은 꿈에도 몰랐네요."

"우리 서비스를 출시하는 순간 그럴 가능성은 충분했어. 내가 이해가 안 가는 건 이 사람이야."

용호가 주간지를 장식하고 있는 남자의 얼굴을 가리켰다.

강경일.

자신도 익히 알고 있는 남자였다. 조용히 있는 나대방을 보며 용호가 말을 이었다.

"도대체 이 사람이 누구야?"

"전직 정보통신부 장관 아들입니다. 그래서 실리콘밸리에 있는 것 같고요."

"너랑은 어떻게 아는 사인데?"

"…케이 소사이어티라고 이너 서클 같은 데서 만났습니다."

"정, 재계 2세들 모임 같은?"

"비슷한 거라고 보시면 됩니다."

용호는 주간지를 보며 의심스럽다는 듯 중얼거렸다.

"뭔가 냄새가 풍기는데 말이야. 갑자기 이렇게 사업을 시작한 것도 그렇고."

"설마, 그럴 리가 있을까요? 솔루션이 하루 이틀 만에 만들어지는 것도 아니고."

"하긴 그렇겠지?"

"그럼요. 형님이 누구보다 잘 알지 않습니까. 솔루션을 만드는 게 얼마나 힘든지."

"그렇기야 하지만……."

그래도 용호는 의심을 거두지 못했다. 냄새가 풍겼다. 뭔가 더러운 냄새가 풍겼다.

인터뷰를 하기 위해 찾아온 기자의 용건은 다른 곳에 있었다.

FindBugs VS FixBugs. 승자는 누구!

"어떻습니까? 사장님."

타이틀만 봐도 무엇을 원하는지 알 수 있었다.

"누가 하자고 한 겁니까?"

용호는 다시 한번 확인했다. 자신은 아니니 상대방인 FindBugs밖에 없다. 그러나 기자의 말은 또 달랐다.

"저희 측에서 준비한 겁니다. 만약 양 사만 허락한다면 괜찮은 기획이지 않습니까? 물론… 패배하는 쪽은 상당한 손실을 감내해야 할지도 모르겠지만요."

용호가 고개를 저으며 혀를 찼다.

'도대체 무슨 꿍꿍이들인지.'

어쩌면 자신에게도 기회가 될 수 있는 일. 회사가 이 일로 더욱 이름을 알리고 한 단계 도약하게 되는 계기가 될 수도 있었다.

"대결은 물론 버그 해결을 통해 진행합니다. 스티브 맥스도 그렇게 하는 게 좋을 거라고 했습니다."

용호도 스티브 맥스가 누군지는 알고 있다. Jungle사의 주축 멤버이자 자신과도 인연이 있는 사람이었다. 단지 그 사람이 FindBugs의 커미터라는 것까지는 알지 못했다.

"그렇게 하죠."

버그 해결이라면 누구에게도 지지 않는다. 어차피 용호에게도 손해 볼 것이 없는 대결이었다.

*　　　*　　　*

어차피 손해 볼 것 없는 경기다. 용호에게는 비장의 한 수도 있었다.

'정 안 되면… 버그 창도 있으니.'

이제 버그 창이 없어도 어디 가서 명함 정도는 내밀 수 있는 프로그래머가 되었다. 그래도 버그 창만 있으면 언제나 마음만은 든든했다. 남들이 모르는 한 수, 비기 같은 것이 있으니 안심이 되었다.

'오랜만에 보게 되겠네.'

Jungle사에서 만들었던 인연이 다시 찾아오고 있었다.

'이래서 세상은 좁다니까.'

나대방이 만난 강경일, 그리고 자신이 만나게 될 전 회사의 사람들 때문인지 새삼 세상이 좁게 느껴지는 하루였다.

치열한 경쟁이 살아 숨 쉬는 곳.

승리 아니면 패배밖에 없다. 스티브 역시 그런 곳의 생리를 누구보다 잘 알고 있었다.

그랬기에 Jungle을 나올 수밖에 없었다.

말 그대로 정글 같은 곳이다. 계속해서 성과를 내지 못하면 잘려 나갈 뿐이다. 잘리기 전에 나왔다.

"마크, 어디까지 개발됐어?"

"현재 문서 인코딩, 디코딩 부분을 수정하고 있습니다."

"디컴파일 쪽은?"

"그쪽은 모듈화가 잘 되어 있어서 저희 쪽에 그냥 붙이기만 해도 될 것 같아요."

"그래, 이 건만 잘되면 충분한 인센티브가 나올 테니까 조금만 더 수고해 줘."

스티브가 회사를 나올 때 데리고 나온 프로그래머였다. 이미 한 번 용호와 대결을 했던 마크가 메인 개발자로 앉아 있었다.

마크의 어깨를 두드린 스티브가 외투를 걸치며 말했다.

"잠깐 미팅 나갔다 올게."

FindBugs Tools.

스티브가 투자를 받아 만든 회사의 풀 네임이었다.

외투를 걸치고 스티브가 도착한 곳은 실리콘밸리 시내의 모처였다.

"그러니까 이미 결정이 되어 있다는 말씀입니까?"

"그게 낫지 않겠어요?"

"맞습니다. 사장님이 아니었다면 저라도 준비해 두려고 했습니다."

"좋아요. 스티브도 알다시피 사업이라는 게 다 그래요. 이미 판은 짜여 있는 거죠."

"알겠습니다."

"개발은 확실하게 되고 있는 거 맞죠?"

"네. 제가 개발한 것과 오픈 소스로 올라온 헌팅 벅스를 합치는 작업을 진행 중입니다. 이번 달 안으로 상용 버전이 나올 겁니다."

"그럼 이제 우리도 날아갈 일만 남았네요."

강경일이 더할 나위 없다는 듯 웃고 있었다. 그 자리에는 실리콘밸리 메트로의 사장도 함께 앉아 있었다.

마크는 강경했다.

"전 못 합니다. 이러려고 같이하자고 한 겁니까?"

"그냥 눈 한 번 딱 감고 하자니까. 자네도 알잖아. 초반 홍보가 얼마나 중요한지."

"기술력으로 승부하면 되잖아요. 자신 있습니다."

"그래? 자신 있다고? 현재도 FixBugs가 50개가 넘는 버그를 찾아내는 동안 우리 제품은 채 반밖에 찾지 못하고 있는데?"

"그거야 업데이트를 하면 곧 나아질 겁니다. 그리고 우리는 문법이 어긋난 코드를 찾아내는 데 강점이 있지 않습니까."

"고객이 원하는 건 로직에 생기는 구멍이야."

스티브는 이해가 가지 않는다는 듯 마크를 바라보았다. 떠먹여 줘도 싫다고 하는 모습에 고개를 저었다.

자신이 사람을 잘못 보았나 싶었다.

"차차 해나가면 됩니다."

"아니. 그러면 이미 늦어."

"그래도 안 됩니다. 저는 못 합니다. 그럴 거라면 그만두겠습니다."

마크 역시 물러나지 않았다. 이럴 거라면 이직을 하지도 않았다. 50%가 넘는 연봉 인상에 스톡옵션까지 준다고 해서 따라왔지만 이런 일을 시킬 줄은 몰랐다.

"그럼, 또 지겠다는 말인가?"

"……."

"기술, 능력 다 좋다 이거야. 그런데 지면 끝이야. 왜 실리콘밸리가 전 세계의 수많은 사람이 모여드는 곳인지 아나? 능력에 걸맞은 대우? 기회? 웃기지 말라 그래. 이겼을 때 생기는 확실한 보상. 아닌가?"

"……."

"내가 능력 있는 사람을 대우하는 것도 마찬가지야. 이길 확률이 높거든. 그런데 확률에 기대지 않아도 된다면 무조건 해야지. 내가 왜 이미 용호에게 한 번 졌던 자네를 경기장에 보내겠나. 확실히 이길 자신이 있기 때문이야."

탁자를 마주 두고 서로의 시선이 부딪쳤다. 마크의 눈빛에는 반발심이 가득했다. 스티브는 그런 마크의 눈을 똑바로 쳐다보았다.

"이번 한 번이면 돼. 그러면 돼."

침묵은 긍정을 뜻했다. 마크는 침묵으로 대답했다.

실리콘밸리에서 발행되는 주간지 실리콘밸리 메트로에 계속해서 같은 광고가 실리고 있었다.

FindBugs Tools.

상당한 자본이 있는지 항상 전면 광고였다.

"투자를 꽤 많이 받았나 보네."

"그런가 봅니다. 전면 광고를 하는데 비용이 상당할 텐데."

"우리도 광고를 좀 해야 하지 않을까?"

"형님 자체가 광고인데 그런 것까지 할 필요가 있습니까."

"뭐라는 거야."

"하하, 내일 경기를 위해서 컨디션 유지나 잘 하십시오."

"준비할 게 뭐 있어. 그냥 가서 해결하면 되지."

용호는 대수롭지 않아 했다. 버그 해결이라면 전문이다. 그 누구에게도 지지 않을 자신이 있었다.

'내일 기적을 한번 행사해 보지.'

FixBugs라는 도구도 있겠다, 내일은 한번 말도 안 되는 일을 해볼 생각이었다.

누가 봐도 말도 안 된다는 생각이 들 만한 일을 벌일 작정이었다.

마크가 회사 메일함으로 도착한 한 통의 메일을 클릭했다.

'젠장, 내가 이렇게까지 추락해야 하나.'

메일에는 내일 나올 문제들이 해답과 함께 빼곡하게 적혀 있었다.

Shit! Shit!

이미 함께하기로 이야기가 끝나 있었지만 막상 실행하려니 욕지거리가 올라왔다.

'이번 한 번만이다.'

이번이 마지막이다. 마크가 스스로에게 다짐했다.

전국적으로 인지도 있는 주간지는 아니었다. 크지 않은 규모의 장소에 두 대의 컴퓨터와 두 개의 종이 놓여 있었다.

출제된 문제를 먼저 푸는 사람이 종을 치는 방식. 룰은 간단했다.

"…용호."

"정정당당하게 해보자고."

"그러지."

마지막 대답은 너무 작아 제대로 들리지가 않았다. 마크는 그럴 수밖에 없었다. 이미 정신은 양심이 질러대는 소리로 엉망이었다.

땡!

용호가 먼저 바로 옆에 놓인 종을 눌렀다. 마크가 할 수 있는 일은 경악밖에 없었다.

"그, 그럼 다음 문제로 넘어가겠습니다."

사회자가 말을 더듬었다. 첫 번째 문제는 용호가 가져갔다.

땡!

땡!

문제가 출제되자마자 용호가 바로 옆에 놓인 종을 눌렀다. 이번에는 마크도 정신을 차리고 종을 눌렀으나 한 발 늦었다.

또다시 정답.

총 7선 4승의 대결.

벌써 두 번째 문제까지 끝났다. 이대로라면 경기가 끝날 때까지 채 30분도 걸리지 않을 듯싶었다.

"뭐, 뭐야. 어떻게 된 거야. 제대로 알려준 겁니까?"

"화, 확실하게 주지시켰는데……."

스티브도 전혀 예상치 못한 상황이었다. 확실하게 말해두었다. 그리고 정확한 답도 알려주었다.

"그런데 왜 저러고 있답니까!"

이대로라면 상대편 좋은 일만 시켜주는 꼴이다. 오늘의 자리를 마련하기까지 수십억의 돈이 들었다. 가장 핫하게 떠오르는 FixBugs를 꺾고 버그 수정 기업의 실리콘밸리 1등이라는 이미지를 얻기 위해 들인 돈이다.

그 모든 것이 물거품이 되기 일보 직전이었다. 그사이에도 다음 문제가 출제되었다.

땡!

땡!

이번에도 용호가 먼저 종을 쳤다. 마크는 그저 어안이 벙벙한 표정으로 용호를 보고 있었다. 더 이상 종을 칠 생각도 하지 못한 듯 보였다.

"저, 저, 정답입니다."

세 번째 문제도 용호가 정답을 맞혔다. 어떻게 답을 알고 있는 나보다 빠르게 정답을 맞힐 수 있지? 마크에게 영영 풀리지 않을 의문이 생겼다.

이건 숫제 피지컬의 싸움이었다. 누가 먼저 종을 누르느냐. 그러나 마크의 정신은 엉망이었다. 양심이 지르는 비명과 용호가 보여주는 기적에 손발이 말을 듣지 않았다.

칠 대 영.

물론 용호가 칠이다.

일곱 문제 모두 용호가 맞추었다.

"그럼 이제 다 끝난 겁니까?"

"네, 네……."

그 자리는 박수 소리도 들리지 않았다. 이해 불가의 상황, 사람이 인지할 수 있는 범위 내의 기적이 아니었다.

기적, 기적을 뛰어넘는 기적은 경탄이 아닌 두려움을 불러일으킨다.

두려움.

경기를 모두 지켜보고 있는 사람 모두가 느끼는 공통된 감정
이었다.

마크는 자신이 답을 알고 있다는 사실조차 잊은 듯했다. 그
리고 정답을 맞히기 위해 종을 쳐야 한다는 사실도 머릿속에
서 지워져 버렸다.

용호가 종을 친 뒤에 종을 친 이유였다. '땡!' 소리가 날 때,
잠깐 정신이 들었다가 용호가 답을 맞히고 나면 다시금 멍한
상태로 돌아갔다.

"어, 어떻게 한 거지?"

"뭐가."

"뭐가? 지금 네가 하고 있는 행동. 뭔가 잘못됐다고 느껴지
지 않아?"

"전혀 문제없어 보이는데."

마크는 고민할 사이도 없이 다시 물어보았다. 설마 그럴 리
는 없다고 생각했지만 물어보지 않을 수가 없었다.

"답을 알고 있었나?"

가장 합당한 생각이었다. 자신처럼 답을 알고 있을 거라 여
겼다.

"알고 있었냐고? 내가? 너야말로 무슨 이야기를 하는지 모르
겠네."

만약 저 모습이 거짓이라면 아카데미 주연상을 받아도 손색
없을 모습이다.

"……."

"너야말로 답을 알고 있었나 보지?"

"……."

침묵은 긍정, 마크는 또다시 침묵으로 긍정의 답을 내놓았다.

"너도 기술자가 아니라 사기꾼이구나."

여전히 자리를 뜨지 못하는 마크를 내버려 둔 채 용호가 자리에서 일어났다. 멀리서 용호의 승리를 축하하는 무리들이 달려오고 있었다.

용호의 주변 인물이라고 해서 다르지 않았다. 마크와 같이 용호가 한 일련의 행동을 믿지 못했다.

"뭐, 뭡니까, 형님."

"뭐가."

"지금 무슨 짓을 한 겁니까."

함께 와 있던 다른 사람들도 한마디씩 던졌다. 카스퍼스키의 얼음장 같은 얼굴도 무너져 있었다.

"내가 아는 네가 아니야. 뭘 숨기고 있는 거지?"

"숨기는 거? 그런 거 없다."

"아니야. 아니야……."

카스퍼스키가 좌우로 고개를 저었다.

"뭐가 아니야. 잘 끝났으면 된 거지."

용호는 굳이 대답하지 않고 집으로 떠났다. 경탄을 넘어선 두려움이 용호가 떠난 자리를 가득 메웠다.

어쩌면 더 큰 이슈가 되었다. 실리콘밸리 메트로가 올린 동영상이 무서운 기세로 퍼져 나갔다.

몬스터.

사람들이 붙인 별명이었다.

이해 불가능한 영역에 있기에 붙여진 별명이었다.

'몬스터라니······.'

별명은 마음에 들지 않았지만 몇 번이고 다시 플레이시켜 보았다.

'나쁘지 않아.'

어차피 두려움은 곧 환호성으로 바뀔 것이다. 환호성은 FixBugs의 매출을 높여줄 것이다. 마침 옆에 또 다른 동영상이 링크되어 있었다.

'이런 게 일석이조인가.'

세계 최고의 프로그래머를 겨루는 대회에서의 모습이 관련 동영상으로 함께 보이고 있었다.

용호가 만든 프로그램이 고객이 결제할 물건을 미리 맞추는 경이적인 모습. 온통 크레이지라는 말로 게시판이 도배되어 있었다.

'따로 홍보할 필요도 없겠어.'

당장 다음 날부터 용호는 승리의 여운을 만끽할 수 있었다.

전화를 받고 있던 강경일은 어쩔 줄을 몰라 했다. 등 뒤에서

식은땀이 흐르다 못해 척추가 찌릿거리는 것 같았다.

"지금 무슨 말을 하는 건지 잘 이해가 가지 않는데?"

"혀, 형. 그게 말이야……."

"그래서 지금 회사 자본금 이십억 정도가 날아갔다는 말이지? 아무런 이득도 보지 못한 채 남 좋은 일만 시켜주고 말이야."

"꼬, 꼭 그런 것만은 아니고 지금 솔루션 개발이 1차 베타 버전은 와, 완료가 돼서. 이것만 해도 상당한 투자자를 모을 수 있을 것 같아. 그리고 분명 우리 솔루션을 사용하겠다는 사람도 많아져서 절대 손해 보는 일은 아닐 거야."

강경일은 계속해서 말을 더듬었다. 정진용의 성격을 익히 알고 있어서였다. 알고 지낸 세월이 한두 해가 아니었다.

"미국 시장은 끝난 거나 마찬가지 아닌가? FixBugs가 꽉 잡고 있을 것 같은데."

"그것보다 가격을 낮춰서 들어가면 사용하겠다는 데가 꽤 있어. 알잖아. 나 인맥 넓은 거."

"꼭 이익이 나야 할 거야. 만들어지면 바로 한국 시장에도 진출하고, 언론 홍보는 내가 해줄 테니까."

"으, 으응."

"명심해. 두 번은 없다."

"아, 알았어."

용호와 달리 강경일은 패배의 쓰라린 아픔을 한껏 경험하고 있었다. 전화를 끊은 강경일은 뿌드득 소리가 나도록 이를 갈았다.

확실한 홍보는 매출을 담보했다. 그리고 매출의 증가는 곧 인력 고용을 의미했다. 이미 상시 채용을 진행하고 있는 중이었다.

문제는 입사 원서가 너무 많이 도착했다는 점이다.

"이, 입사 원서가 너무 많이 왔는데요?"

동영상의 여파인지, 기존에 들어왔던 입사 원서의 열 배 정도가 회사로 도착한 상태였다.

HR을 담당하고 있던 매니저도 난감해하는 기색이 역력했다.

"잘된 것 아닙니까. 좋은 사람들을 고를 수 있으니까."

"……."

볼멘소리를 하려던 HR 매니저가 이내 말을 삼켰다. 많아도 너무 많았다. 이걸 다 보기에는 시간이 부족했다.

"그럼 같이 보죠, 뭐."

HR 매니저의 표정을 읽은 용호가 답했다.

사위에 어둠이 내린 밤.

용호는 늦게까지 퇴근하지 않고 이력서를 읽어 내려갔다. 회사에서 가장 중요한 일은 누구를 채용할지다.

누구보다 절실히 알고 있었다.

'첸쉐썬, 마크, 루시아라.'

익히 알고 있는 이름들이 눈에 띄었다. 그들의 실력 역시 알고 있었다.

'루시아는 괜찮을 것 같은데… 마크와 첸쉐썬이라.'

실력만큼은 확실했다. 그러나 믿음이 잘 가지 않았다. 가장 믿음이 가지 않는 것은 첸쉐썬.

'비록 내부 고발까지 해주었다지만, 굳이 안고 갈 필요는 없겠지.'

첸쉐썬의 이력서가 세절기로 들어갔다. 그리고 곧 이어 마크의 이력서 역시 세절기로 들어갔다.

*　　　　*　　　　*

We greatly appreciate your interest in working with us and wish you the best of luck with your job search.

타악!

키보드가 부서질 듯 들썩였다. 답장을 확인한 첸쉐썬이 배신감에 몸을 떨었다.

"내, 내부 고발까지 해가면서 도왔는데."

그래도 분이 가시지 않는지 첸쉐썬은 몇 번이고 손바닥으로 키보드를 두드렸다. 거친 손놀림에 몇 개의 키가 자리를 이탈해 바닥으로 떨어져 내렸다.

첸쉐썬은 전혀 신경 쓰지 않는 듯 보였다.

"나한테 이러면 안 되지!"

분명 자신이 한 일을 알려주기까지 했다. 그러나 그 대가가 서류에서 탈락이라니… 첸쉐썬은 믿기지가 않았다.

분명 실력적인 면에서는 합격일 것이다. 자신은 대회에서 2등을 한 몸이다. 그렇다면 요인은 하나밖에 없다.

자신을 믿지 못하는 것이다.

"그렇게 나온단 말이지."

서운함과 섭섭함이 분노로 변했다. 증오와 미움으로 변해 갔다.

마크 역시 첸쉐썬과 같은 내용의 메일 받았다.

"어쩔 수 없는 건가."

마크는 반쯤 포기한 상태였다. 그냥 한 번 보내보자 하는 마음이 컸다. 결과는 예상과 크게 다르지 않았다.

"시작부터 꼬여 있었으니……."

첫 단추부터 잘못되었다. 그 뒤로도 잘못 꿰어진 단추를 바로잡을 기회가 없었다. 이번 일은 그 일에 쐐기를 박았다.

어쩌면 자신이 염치가 없는 건지도 몰랐다.

"지금 일이라도 열심히 해야지."

그래도 아직 직장은 있었다. 비록 언제 사라질지 모르는 직장이지만, 있다는 것이 중요했다.

반면 얼굴 한가득 미소를 머금고 있는 사람도 있었다.

"정말 다시 만나게 될지는 몰랐네요."

"열심히 했습니다."

"그럼 간단한 테스트를 하나 해볼까요?"

용호가 일어나 칠판에 문제 하나를 적었다. 항상 사람을 뽑을 때면 내는 문제였다.

처음 용호가 손석호에게 받았던 문제 그대로였다.

소수 구하기.

그리 어렵지 않은 문제여서인지 루시아는 금세 문제를 풀어냈다.

"잘했어요."

용호가 원하는 방식 그대로였다. 코멘트를 달 것도 없었다.

"입사를 축하드립니다."

자리에서 일어난 용호가 손을 내밀었다. 금발에 대비되는 하얀 피부가 인상적인 루시아의 입가가 미소가 지어졌다.

자신의 우상과의 악수.

함께 일했을 때도 우상이었지만 지금은 더 높은 곳으로 올라가 버린 용호였다. 그가 내민 손을 잡는 순간 팬심 때문인지, 영광스러운 마음 때문인지 온몸에 찌릿한 전기가 흘러내렸다.

*   *   *

단 한 번밖에 나가지 않았다. 그래서인지 계속해서 연락이 왔다.

KSN.

그곳에서 도움을 받고자 하는 생각은 전혀 없었다. 오히려 그 반대였다. 용호가 그곳에 다시 가고자 하는 이유는 한 가지밖에 없었다. 혹시나 자신과 같은 처지에 도움이 필요한 사람이 있을까? 그 이유였다.

"진짜 안 갈 거야?"

"형님이나 가십시오."

"아, 진짜!"

용호가 섭섭함을 토로했지만 나대방은 꿈쩍도 하지 않았다.

"형님, 저는 이제 그런 사교 모임이라면 질색입니다."

"꼭 그래서 가는 게 아니라 나 같은 친구도 있을 수 있잖아. 돈 없고, 백 없어서 능력이 있는데도 어려움을 겪고 있는… 그런 친구 말이야."

용호가 KSN에 가고자 하는 단 하나의 이유였다. 이왕이면 같은 나라 사람을 도와주고 싶었다. 애국심이라는 거창한 이유보다는 자신이 손석호나 정단비에게 받았던 도움 때문이다.

그들에게 받았던 것처럼 자신이 다른 사람들에게 베풀면 그 사람들이 또 다른 사람들에게 베풀고…….

그러면 세상이 좀 더 나아지지 않을까라는 소박한 바람 때문이다.

"아, 알겠습니다. 가시죠, 가요."

용호는 나대방을 대동하고 다시금 KSN을 찾았다.

이상한 기류가 흘렀다. 지난번 방문했을 때와 같은 환대는 없었다. 오히려 자신을 보며 눈을 힐끔거렸다. 그걸로만 끝나면 다행이다.

　수군수군수군.

　열렬한 환대가 미묘한 배척으로 변해 있었다. 입을 가리고 수군거리는 것이 심히 기분이 좋지 않았다.

　"이게 무슨 상황이냐?"

　"시작된 거죠."

　"뭐가?"

　"질투, 시기, 깎아내리기, 정치 뭐 그런 것들이요."

　"그냥 실리콘밸리에 나와 있는 한국인들끼리 서로 돕고 살자… 그래서 모인 곳 아니냐?"

　"그 한국인에 형님은 없나 봅니다."

　한쪽 구석에서 배척당하고 있는 나대방과 용호를 지켜보는 눈이 있었다.

　방웅용.

　NASA에 근무하고 있는 몇 안 되는 한국인 중 하나였다. 방웅용도 인터넷에 떠돌아다니는 용호의 모습을 보았다.

　'저 사람이 그 사람인가 보네.'

　생각보다 나이가 젊었다. 정말 인터넷의 영상이 진실이라면 자신이 근무하고 있는 큐리오시티A 운용팀에 추천을 해볼 생각도 가지고 있었다.

　나사.

　전 세계인들의 꿈과 희망이 자리하고 있는 곳. 미국을 싫어

할지라도 나사를 싫어하는 사람들은 흔치 않을 정도로 대중적인 인기 역시 얻고 있는 기관이다.

"근래에는 어떤 연구를 진행 중이십니까?"

방웅용의 옆에 있던 강경일이 물었다. 대답이 없자 다시 한 번 물었다.

"웅용 씨??"

강경일이 방웅용이 보고 있는 쪽으로 시선을 돌렸다. 그곳에 씹어 먹어도 시원찮을 남자가 서 있었다.

강경일이 얼굴 한가득 미소를 머금고 다가왔다. 입꼬리는 올라가 있었지만, 눈꼬리에는 전혀 변화가 없었다. 전형적인 형식적인 웃음, 용호라고 모를 리 없다.

이런 곳에 참여하는 또 다른 이유였다. 속을 감춘 이들을 상대하는 법을 배우기 위함이다. 그나마 다행이었다. 웃는 모습을 보니 강경일은 하수, 지금 용호가 상대하기에 무리가 없었다.

"하하, 오랜만입니다."

"그렇군요."

"모임에 왔으면 즐기시지 않고, 이쪽에만 계십니까. 여러분 FixBugs의 CEO가 오셨습니다."

강경일이 여러 사람에게 들으라는 듯 소리쳤다.

'이놈이 미쳤나.'

용호는 그런 생각밖에 들지 않았다. 그러나 강경일이 소리쳐 사람들을 끌어 모은 이유는 금세 드러났다.

"그게 조작이라며?"

"그렇다던데? 어쩐지 말이 안 된다고 했어."

"보자마자 문제를 해결한다는 게 당연 말도 안 되지."

"염치도 없나 봐, 그래놓고는 여길 또 오는 걸 보니."

"부끄러운 한국인 모임에 가야 하는 거 아냐? 강경일 사장 보기 부끄럽지도 않나."

여기저기서 수군대는 소리의 정체를 이내 알 수 있었다.

'벌써 정치질이냐?'

웃고 있던 강경일의 표정이 한층 여유로워 보였다. 처음 받았던 느낌, 정진용과 비슷하다는 그 느낌이 결코 틀리지 않았다.

지금의 수군거림이 어떻게 나타난 것인지 금세 알 수 있었다.

"형님, 가시죠. 이런데 더 있어봤자 좋은 꼴 못 봅니다."

나대방이 용호의 귀에 대고 소곤거렸다. 그러나 이대로는 갈 수 없었다. 꼬리 내린 개처럼 갈 수는 없다.

"하하, 저런 헛소리는 신경 쓰지 마십시오. 그나저나 정말 실력이 뛰어나시더군요. 혹시나 조작을 한 건 아닐까 싶을 정도로 말입니다."

웃고 있는 모습이 음흉해 보였다. 용호는 강경일의 얼굴은 보지도 않은 채 말했다.

"조작이라니요. 하하, 섭섭합니다. 혹시나 믿기지 않는 분들도 있으신 듯한데 지금 이 자리에서 보여 드리겠습니다."

용호가 말을 마치고 호텔 한쪽에 붙어 있는 내부 관리 장치 쪽으로 다가갔다. 사람들은 무슨 짓을 하는지 어리둥절한 표정을 짓고 있었다.

최근에 지어진 호텔이어서인지, 온도 조절에서 안내 요원 호출, 주차 위치 인식까지 다양한 기능이 존재했다.

10초 정도 확인했을까.

용호가 큰 소리로 지배인을 찾았다.

"지배인, 여기 장치에 문제가 있는 것 같은데 업체를 불러서 빨리 수정하는 게 좋을 겁니다. 일괄 소등 기능을 수행하는 쪽 291라인을 살펴보도록 하세요."

"네? 무슨 말씀이신지."

지배인은 용호의 말을 제대로 알아듣지 못한 듯 보였다. 옆에 있던 강경일이 나섰다.

"죄송합니다. 지배인 이분이 술을 많이 드신 모양입니다."

용호는 그런 강경일의 참견은 전혀 신경 쓰지 않고 말을 이었다.

"버그가 있어서 장치가 제대로 작동하지 못하고 있어요."

그러고는 용호가 일괄 소등 버튼을 눌렀다. 정말 리셉션장의 불이 제대로 꺼지지가 않았다.

"지금 업체를 불러서 확인해 보세요. 291라인 코드를 중점적으로 보라고 하시고요."

"아, 그게 손님 죄송하지만 지금 당장은 어려울 것 같습니다. 업체도 다 퇴근한 시간이고……."

"아무래도 시간이 늦었으니 그럴 수도 있겠네요. 그래서 저희 FixBugs가 있습니다. 디컴파일한 코드를 이용하여 프로그램을 재구성할 수 있으니까요. 지금 바로 제가 고칠 수 있을 것 같은데 한번 보시겠어요?"

큰 소리였기에 주변의 누구나 들을 수 있었다. 갑자기 일어난 상황에 하나같이 흥미진진한 모습이었다.

지배인이 급히 전화를 걸었다. 그러고는 이내 전화를 끊고 용호에게 다가왔다.

"문제가 생기면 책임을 지시는 겁니까?"

"물론입니다."

그들의 뒤에서 강경일은 회심의 미소를 짓고 있었다.

'미친 새끼, 허세도 적당히 부려야지.'

강경일만이 용호를 보고 있는 건 아니었다. 강경일 그 뒤에 방웅용이 서 있었다.

'정말 된다면 이건 기적 같은 일인데……'

말도 되지 않는 미친 짓이 분명했다. 세상 어느 곳에서도 이런 일은 없었다. FixBugs라고 해도 프로그램을 재구성해 다시 실행시켜 줄 정도로 디컴파일을 시켜주진 않는다.

용호가 믿고 있는 구석은 따로 있었다.

'꼭 직접 보여줘야 믿는 놈들이 있다니까.'

용호가 이런 쇼를 하는 이유는 또 있었다. KSN에서 발생한 이상 소문을 잠재우고 문제를 해결한 후에 하고 싶은 말이 있었기 때문이다.

나도 어려웠던 시절이 있었다.

혹시 스스로가 능력이 있다고 믿는다면 나에게 와라.

내가 날개를 달아주겠다.

배경, 학벌, 현재의 위치… 어느 것 하나 신경 쓰지 않는다.

맨몸으로 와도 된다.

오글거리지만 그 한마디를 하기 위해서였다. 구전에 구전을 더하며 한인 커뮤니티 사이로 퍼질 것이다.

그러면 다시 이곳 KSN에 찾아오지 않아도 된다. 능력이 있다고 생각하는 사람들이 직접 찾아올 것이다.

그 이유 때문이었다.

얼마 지나지 않아 또 한 번의 기적이 펼쳐졌다.

Chapter 7
나사의 의뢰

찌릿.

전율이 흘렀다. 그건 천재들이 모여 있다고 하는 나사의 연구원 방응용도 마찬가지였다.

"과장이 아니었나."

처음 용호를 본 건 한 인터넷 동영상을 통해서였다. 핫이슈로 올라온 동영상에서 소비자가 구매할 물건을 계속해서 맞추는 그의 프로그램은 자신이 봐도 인상적이었다.

"정말 말도 안 되는군."

두 번째로 본 것은 그와 연관된 또 다른 동영상이었다. 프로그램을 보자마자 버그를 해결해 내는 경이적인 모습이었다. 사실 과장이 섞여 있다고 생각했다.

어쩌면 조작일지도 모른다고 생각했다. KSN의 사람들이 말하는 풍문에 휩쓸리지 않았다면 거짓말이다.

그 모든 것들이 지금 눈앞에서 펼쳐진 한 가지 일로 묻혔다.

"어떻게……."

FixBugs라는 게 무엇인지는 몰라도 이럴 수는 없었다. 하나의 프로그램을 디컴파일하여 완벽하게 똑같이 작동하도록 만드는 일은 있을 수 없는 일이라 생각했다.

지금까지는…….

문제를 해결하고 돌아가는 용호의 뒷모습에서 방응용은 눈을 떼지 못했다.

*   *   *

삐빅. 삐빅.

화성 주변을 일정 시간 동안 돌며 탐사를 진행하는 큐리오시티A가 이상 신호를 보내왔다.

신호를 접수한 시스템에서는 바로 등록되어 있는 관련 인원들에게 메일과 문자 등을 통해 현재의 상태를 알렸다.

운용 관리를 맡고 있는 방응용에게도 문자가 전달되었다.

다음 날 위성 상태를 확인해 본 방응용의 표정이 한층 더 굳어졌다. 큐리오시티A에서 보내온 상태 이상 신호는 생각보다 심각했다. 문제점을 찾고 있었지만 쉽지 않았다. 시간이 지날수록 개선될 기미가 보이지 않았다.

"여전히 똑같아?"

방웅용이 가만히 고개를 끄덕였다. 얼마 전부터 큐리오시티 A에서 보내오는 전파가 제대로 수신되지 않고 있었다.

수신기에서는 아무런 문제를 찾을 수 없었다. 그렇다면 송신하는 큐리오시티A에 문제가 있다는 말이다.

그러나 아무리 코드를 뒤져봐도 문제를 발견하지 못했다. 더구나 어젯밤 보내온 문자는 상태가 더욱 심각해졌음을 알려왔다.

"제작팀에서는 뭐라고 하는데?"

"자기네 쪽에서도 문제가 없다고 하더라고."

"이렇게 계속 궤도를 이탈하다가 폭발이라도 하는 거 아냐?"

이미 예전에도 이런 적이 몇 번 있었다. 궤도 이탈 후 거대한 우주 속에 종적을 감추거나 폭발해 버렸다.

제작에서 발사까지 드는 비용만 몇천억이 드는 일이다. 이렇게 허무하게 날려 버릴 수는 없다.

"내부에서 해결이 안 되면 외부의 힘이라도 빌려야지."

"그럴 만한 데가 있을까?"

방웅용의 동료는 미심쩍은 눈빛이었다. 외부의 힘을 빌린다는 것 자체가 어불성설이다.

NASA(National Aeronautics and Space Administration).

최고 중에서도 최고의 수재들만이 모인 곳이다. 이곳에서 해결이 안 된다면 어디에서도 해결할 수 없다.

"혹시 모르지, 일단 보고는 올려놨어."

방웅용도 확신하고 있지는 않았다. 지금은 그저 지푸라기라도 잡는 심정이었다. 어디든 기대야 했다. 방웅용의 앞에는 200인치가 넘어가는 스크린이 현재 위성의 위치를 보여주고 있었다. 스크린을 보는 방웅용의 표정은 어둡기만 했다.

방웅용의 보고서를 읽은 나사의 Chief Engineer는 처음 듣는 회사의 이름에 고개를 갸웃거렸다.

"FixBugs라고?"

"알아보니 근래 실리콘밸리에서 버그를 전문적으로 고쳐주는 솔루션으로 뜨고 있는 회사랍니다."

"그래요?"

"큐리오시티A를 담당하고 있는 연구원이 현재 발생하고 있는 문제를 해결할 수 있을지도 모른다며 해당 기업을 고용하길 원하고 있습니다."

"흐음……."

Chief Engineer 역시 다른 이들과 생각이 크게 다르지 않았다. 내부에서도 해결하지 못하고 있는 일을 외부의 인원이 해결할 수 있다고 믿지 않았다.

"어제까지 확인한 결과 궤도에서 0.00001도 정도 벗어났다고 합니다. 미미하긴 하지만 이대로 계속되면 위성은 그대로 날아가 버립니다. 궤도에서 벗어나서인지 통신도 제대로 이뤄지지 않고 있고요."

"다른 사람들 의견은 어떤가요?"

"다들 긴가민가하지만 이대로 위성을 날리는 것보다는 좋다는 의견입니다."

"그렇군요……."

"어떻게 할까요?"

"일단 소장님과 이야기를 해보죠."

Chief Engineer이긴 했지만 모든 권한을 가지고 있는 것은 아니었다. 외부의 인원을 고용하기 위해서는 계약이라는 절차가 필요했다.

그리고 그러한 절차를 진행하기 위해서는 자신이 아닌 연구소장의 결정이 필요했다.

"내부에서 해결이 안 된다면… 외부의 힘을 빌려야죠."

Chief Engineer가 나지막이 중얼거렸다. 가장 중요한 것은 외부의 힘을 빌려서라도 문제를 해결하는 것이다.

*   *   *

창밖으로 보이는 하늘에서 별빛이 반짝이고 있었다. 이제는 별이 아닌 인공위성이 대부분이라 하지만 용호의 부모님이 그러한 사실까지 알고 있지는 않았다.

"이사도 했다는데 어떻게 살고 있는지 한번 가봐야 하는 거 아닌가 몰라."

"이놈 자식은 미국에 간 뒤로 도통 연락이 없으니……."

용호의 어머니가 걱정스레 한숨을 토해냈다. 휴가가 끝나고 다시 미국으로 돌아간 지 얼마의 시간이 흘렀는지 모른다.

그 뒤로 온 연락이라고는 이사했다는 연락 한 번, 도통 무슨 일을 하고 있는지조차 알 수 없었다.

"컴퓨터에 생긴 벌레를 고치는 프로그램을 만든다는데, 컴퓨터에 무슨 벌레가 생긴다는 건지."

영 이해가 가지 않았다. 컴퓨터라고는 남이 하는 걸 구경만 할 수 있을 정도였다. 메일 한 통 제대로 보내지 못했다. 그랬기에 용호가 하는 일을 제대로 이해하지 못했다.

이내 결심이 선 듯 용호의 어머니가 말씀하셨다.

"이참에 한번 가봅시다. 미국 구경도 할 겸."

어머니가 바로 전화기를 들었다. 반대편에서 용호가 한 번은 해야 할 일이라 생각했는지 고개를 끄덕이고 있었다.

공항으로 마중 나간 용호가 부모님을 모시고 집에 도착했다. 일단 사는 모습은 합격이었다.

"조, 좋구나."

한국에 있는 집도 용호가 새집으로 장만해 드렸기에 좋은 편이었다. 그러나 용호가 살고 있는 집은 거기보다도 좋았다.

집 내부의 인테리어도 차이가 났지만 가장 큰 차이는 집에서 보이는 전망에서 발생했다.

"탁 트였네."

어머니도 감탄사를 내뱉었다.

"잘 해놓고 살아요. 너무 걱정하지 않으셔도 된다니까요."

두 분 부모님 모두 그저 고개를 끄덕일 수밖에 없었다. 잘해 놔도 너무 잘해놨다. 기대 이상, 상상 이상이었다.

"오셨으니 관광이라도 하셔야죠."

"일은 어떻게 하고."

"휴가 내서 괜찮아요. 제가 풀코스로 준비해 놨으니 걱정 마세요."

어머니의 눈에 살짝 습기가 차올랐다. 자식 덕분에 미국 구경까지 하게 되다니, 한 번도 생각지 못했던 일이었다.

신혼여행지는 부산이었다. 비행기 탈 돈도 없어 제주도에 가지 못했다. 그리 공부를 잘하는 편도 아니었다. 공부를 할 수 있는 환경도 아니었다.

수업이 끝나고 집으로 돌아가면 바로 모내기를 하러 가야 했다. 허리를 펼라치면 불호령이 떨어져 내렸다.

겨우 시간을 내어 책상 앞에 앉으면 졸기 십상이었다. 그래서일까. 나이를 먹어서도 환경은 크게 달라지지 않았다.

여전히 허리를 펼라치면 식당 주인의 불호령을 맞아야 했다. 그저 아들 하나 있는 걸 바라보며 살았다.

그런 삶이었기에 얼마나 어려운 일인지 알고 있었다.

남들보다 잘한다는 게, 어려운 여건 속에서 성공한다는 게 얼마나 힘들고 어려운 일인지 누구보다 잘 알고 있었다. 그리고 그 어려운 일을 용호가 해냈다. 뿌듯하고 자랑스러웠다.

보고만 있어도 배가 불러왔다.

"됐다니까 그러네. 뭘 자꾸 산다고."

"싸다니까, 걱정 마, 이런 거 하나 있어야지."

"됐다고, 이놈아. 이게 어떤 돈인데 이렇게 막 써."

자꾸 카드를 긁으려는 걸 막았다. 얼마나 힘들게 벌었을까. 그저 그런 생각밖에 들지 않았다.

백오십만 원을 벌기 위해 하루 열 시간이 넘도록 식당에서 허리를 굽히고 있어야 했다.

얼마나 힘들었을까.

그 생각에 돈을 쓸 엄두가 나지 않았다.

"나 진짜 돈 많이 버니까 괜찮다고."

오히려 용호가 답답해했다. 이게 뭐라고 끝끝내 받으려 하지 않았다. 살고 있는 집 월세만 오백만 원이 넘어간다.

오분의 일도 되지 않는 가격.

그것도 부담스럽다고 사지 못하게 말렸다.

"벌써 계산 다 끝났으니까 그냥 가지고 가요."

끝내 자식을 이기지 못하고 받아버렸다. 평생 처음 가져보는 명품 가방이었다. 가슴이 울컥거려 참을 수가 없었다.

겨우 관광을 마치고 돌아와 찾은 마지막 코스는 고급 레스토랑이었다. 인당 200불은 넘어가는 가격대. 어차피 영어를 모르는 부모님은 그저 용호의 안내에 모든 것을 맡겼다.

"For my starter I'll have the soup, and for my main

course the steak."

하루 종일 따라다니며 들었지만 여전히 적응되지 않았다.

"주문은 제가 했어요."

"그래, 우리야 뭐… 알아서 잘 했겠지."

능숙한 영어 실력 때문인지 부모님은 근심, 걱정 같은 부분을 대부분 내려놓으신 보였다.

"아프신 데는 없죠?"

"덕분에 잘 지내고 있다."

"이제 일은 안 하고 계신 거 맞죠?"

"어, 어……."

사실이 아니라는 것을 용호도 금세 알 수 있었다. 그러나 굳이 토 달지 않았다. 두 분 마음 편하신 대로 하는 것이 가장 좋은 일임을 이제는 알고 있다.

"저도 꽤 많이 벌고 있으니까, 두 분 편하신 것만 생각하세요."

이제 마지막 남은 걱정을 덜어드릴 차례였다. 용호가 빠르게 말을 이었다.

"지금 운영하고 있는 회사가 있어요. 매출이 100억 정도 되는데 이게 300억이 넘으면 한국으로 돌아갈게요."

담담하게 말을 이어가는 용호를 보는 부모님의 눈빛은 한 가지밖에 담고 있지 않았다.

다 컸구나.

이제 더 이상 걱정하지 않아도 될 것 같았다. 그런 부모님의 태도 변화를 용호도 충분히 느낀 듯 보였다.

오랜만에 가족이 다 함께 모여 하는 외식.

그간의 고생이 싹 씻겨 내려가는 기분이었다.

출근하는 발걸음이 한결 가벼웠다. 근심과 걱정이 가득한 표정으로 입국장에서 만났다. 그러나 출국장에서의 표정은 그와 정반대였다.

믿음과 신뢰가 보였다.

정확한 목표까지 제시해서인지 한층 더 불안감이 많이 가신 듯해 보였다.

300억이라는 목표를 달성하면 한국으로 돌아가겠다. 이러한 목표가 결코 허언이 아님을 통장 잔액으로 확인시켜 드렸다.

벌써 100억.

천만 달러가 넘는 매출을 달성했다.

'이제 또 열심히 해보자.'

용호는 가벼운 마음으로 회사에 도착했다. 그렇지 않아도 FindBugs와의 경기로 회사 홍보가 톡톡히 되었다. 매일 신규 계약이 체결되고 있었다.

너무 많은 계약 문의가 밀려왔기에 대부분 경영 지원팀에서 1차적으로 처리했다. 사장인 용호에게까지 오는 계약은 흔치 않았다.

"사, 사장님 전화 좀 받아보셔야 할 것 같은데요."

급하게 용호의 사무실로 들어온 직원이 얼떨떨한 표정으로
말했다.

"제가요?"

웬만한 급한 일이 아니면 이런 경우가 없기에 무슨 일인가
싶었다. 사무실로 들어온 직원이 급하게 다음 말을 이었다.

"나, 나사랍니다."

"…네?"

"나, 나사에서 연락이 왔습니다."

나사.

그 한마디가 용호를 자리에서 벌떡 일어나게 만들었다. 급하
게 자리에서 일어난 용호가 잰걸음으로 전화를 받기 위해 방
밖으로 뛰쳐 나갔다.

*   *   *

두근거리는 가슴이 진정되지 않았다.

나사라니!

나사라니!

나사에서 연락이 왔다. 거짓말 같았다. 한시가 급한 일이라
최대한 빠르게 연락을 달라고 했다. 그 말에 용호는 바로 답했
다.

하겠습니다.

무조건 하겠습니다.

상세한 조건은 조율이 필요할 테지만 크게 상관없었다. 나사에서 발주한 프로젝트를 했다는 것만으로도 엄청난 홍보 효과다. FindBugs와의 대결은 비교도 되지 않는다.

계약만의 문제가 아니었다. 나사라는 이름만으로도 가슴이 두근거렸다. 어떤 일이든 해보고 싶었다.

개발자 특유의 호기심이었다.

계약에 관한 자세한 이야기는 만나서 해주겠다며 먼저 약속을 잡고는 전화를 끊었다.

이런 일련의 이야기를 회의실에 모여 있는 사람들에게 풀어 놓았다.

"함께 갈 사람?"

번쩍.

여기저기서 번개처럼 손이 들렸다. 아쉽게도 나사에서 정한 인원에는 제한이 있었다.

단 세 명.

가겠다는 사람이 너무 많아 능력이 되는 순으로 잘라야 했다. 세계 1등인 카스퍼스키는 무조건 함께 가야 했다. 두 명이 정해졌다.

데이브와 나대방이 서로 간절한 눈빛을 담아 용호를 보고 있었다. 둘 중 한 명을 선택해야 하는 상황이다. 둘 모두 비슷한 실력이기에 한 명을 선택한다는 것이 쉽지 않았다.

이럴 때는 가장 공평한 방법이 있었다.

"Let's decide by Rock—paper—scissors."

가위바위보로 결정하라는 의미였다.

일분일초가 아까웠다. 그 순간에도 위성은 조금씩 궤도를 이탈하고 있는 중이었다.

"위성 상태는 어때?"

"오늘도 궤도가 조금 비틀어졌어."

"FixBugs에서 온다는 건 어떻게 됐어?"

"그쪽에서 수락했다던데? 오늘 오겠다고 연락이 왔다나 봐."

"FixBugs에서도 해결을 못 한다고 하면… 정말 방법이 없는 건가."

스크린에는 수 개의 인공위성들이 반짝이고 있었다. 방웅용의 눈은 그중 하나에 멈춰 떨어질 줄을 몰랐다.

"제발……."

마치 배 아파 낳은 자식 같았다. 배는 아프지 않았지만 머리와 몸이 아팠다. 인공위성을 개발하는 과정에서 겪었던 수많은 시행착오들과 문제를 해결했을 때의 희열들이 머릿속에서 주마등처럼 스쳐 지나갔다.

"휴우."

옆에 있던 동료도 착잡한 표정으로 스크린을 주시했다.

에임스 연구 센터.

항공 공학, 생물학, 우주과학 및 우주 개발 기술 연구를 위해 건립된 곳이었다. 위치는 실리콘밸리, 오늘 용호가 가려고 하는 곳이다.

그 앞에 용호 일행이 도착했다. 입구부터 경비가 삼엄했다.

"여, 여기가 맞는 거지?"

가위바위보에서 이긴 데이브가 떨리는 목소리로 물었다. 용호도 처음 와보는 곳이기에 뭐라 할 말이 없었다. 그저 앞에 보이는 인포에 이야기를 할 뿐이었다.

"따라오십시오."

안내 요원이 용호 일행을 데리고 간 곳은 연구동이었다. 그곳에 몇몇 연구원들이 초조한 표정으로 모여 있었다.

시간이 촉박해서인지 인사는 간략하게 끝이 났다. 그러고는 바로 용호에게 큐리오시티A에 설치한 프로그램을 선보였다.

이미 몇 종의 보안 각서를 작성 뒤였다.

"어떻습니까?"

채 십 분이나 봤을까. 연구원이 다급하게 물어왔다. 그 순간에도 큐리오시티A는 궤도에서 이탈하고 있다. 다급할 수밖에 없는 상황이었다.

"아무래도 처음 보는 언어라 그런지……."

C언어와 비슷했지만 또 달랐다.

나사는 나사였다.

프로그래밍 언어의 문법 체계도, 구동되는 방식도 전혀 알 수가 없었다. 그러나 단 한 가지 알 수 있는 사실이 있었다.

제목 : 궤도를 계산하는 모듈에서는 미터법을, 다른 모듈인 위성 항법 장치는 feet 단위를 사용하고 있습니다. 현재 이 둘 간의 충돌이 발생하고 있습니다.

분명 버그가 존재했다. 연구원이 프로그램을 구동하자마자 버그가 눈에 보였다.

옆에 서 있던 방웅용이 다시금 용호를 재촉했다.

"뭔가 문제가 있어 보입니까?"

"그게……."

용호가 말할 듯 말 듯 망설였다. 조금 두려웠다. 혹시나 미국 정부에 요주의 인물로 찍힐 수도 있었다.

인공위성 장치에 대한 아무런 사전 지식도 없다.

그런데 보자마자 버그를 해결한다? 누구도 믿지 못할 것이다. 용호가 문제를 해결하더라도 사전 준비가 필요하다. FindBugs와의 대결 때와는 또 달랐다. 그때 해결했던 문제들은 일반적으로 발생할 수 있는 문제들, 이미 경험했던 문제들이라 빠르게 해결했다고 하면 되었다.

지금은 아니다.

모두가 용호의 입만을 주시했다.

"사용하는 언어가 뭔지 알 수 있을까요?"

용호가 볼 때는 분명 C언어로 작성이 되어 있었다. 그러나 혹시 또 몰랐다. C언어와 비슷해 보이지만 문법 자체가 다를 수 있었다.

"C언어입니다. 단지 저희 자체 규정에 따라 코딩되었을 뿐입니다."

"어쩐지……."

용호가 다시 말을 멈춘 채 코드를 지켜보았다. 그러고는 방금 생각이 났다는 듯 말했다.

"그런데 계약서를 작성 안 한 것 같은데, 제가 보고 있을 동안 계약서를 작성하면 안 될까요?"

이래저래 연구원들을 들었다 났다 하는 용호였다.

삐빅. 삐빅.

방응용이 보고 있는 컴퓨터에서 경고음을 토해냈다. 위성의 상태가 점점 나빠지고 있다는 경고였다. 모니터에는 원형으로 된 게이지 바가 보였다.

그 게이지 바의 눈금이 초록색에서 황색으로 넘어가기 일보 직전이었다.

"어때? 가능성이 있어 보여?"

"이것저것 물어보고 있다는데… 지켜봐야지. 보자마자 해결할 수는 없을 테니까."

"이제 한 6시간 됐나?"

동료의 말에 방응용이 고개를 끄덕였다. 이제 용호가 센터에 온 지 6시간이 지나가고 있었다. 용호의 옆에는 또 다른 연구원이 붙어 궁금한 점들에 대해 답해주었다.

"제발……."

지금은 두 손 모아 비는 것 말고는 할 수 있는 것이 없었다.

삐빅. 삐빅.

그 순간에도 원형 눈금이 오른쪽 한 칸으로 움직였다. 이제 황색 구간에 진입했다.

용호와 연구원이 나란히 앉아 코드를 보고 있었다. 이제 슬 슬 답을 알려줘도 될 것 같았다. 이렇게 앉아 있은 지 열 시간 이다. 용호도 지겨웠다.

"위성 궤도를 계산하는 부분도 모듈화가 되어 있군요."

"그것만이 아닙니다. 거기에서 사용하는 각종 수식들 역시 하나하나 모듈화가 되어 있습니다. 언제든지 다른 곳에서 조립 해서 쓸 수 있도록 말입니다."

"흠……"

"그리고 그 부분은 위성 항법 장치와 데이터를 주고받습니 다. 수식을 통해 계산된 결괏값이 항법 장치로 넘어가는 것이 죠."

"그렇군요."

용호가 알겠다는 듯 고개를 끄덕였다. 사실 무슨 말인지 잘 몰랐다. 나사에서 사용하고 있는 것들은 또 다른 차원이었다. 위성이 나아갈 방향을 계산하고 앞으로의 움직임을 예측했다. 이런 계산에 사용되는 수식은 보고만 있어도 머리가 아파왔 다.

천체 물리학.

천재 중에도 천재들이 하는 학문이다. 이미 수식에 충분히 단련이 되어 있다는 생각은 용호만의 착각이었다.

"어떤가요? 문제가 있는 부분이 혹시 보이십니까? 지금도 궤도가 틀어지고 있습니다. 방금 연락이 왔는데 현재 위성이 황색 상태입니다. 적색이 되면… 끝입니다."

옆에 앉아 있던 연구원이 용호를 압박했다. 어차피 이제 답을 알려주려 했다.

"그러면 두 모듈 사이의 단위는 어떻게 사용되고 있는 겁니까?"

"단위요?"

연구원은 계속되는 용호의 질문이 이제 귀찮아진 듯했다. 말투에서 약간씩 짜증이 느껴졌다.

"미국에서 사용하는 단위인 feet, 그리고 저희 한국에서는 미터를 사용하는데 그게 어떻게 환산되나 해서요."

용호가 손으로 코드 라인을 가리켰다. 함께 코드를 지켜보던 연구원의 동공이 더할 나위 없이 커졌다.

"단위! 그래, 단위!"

연구원이 뭔가 알았다는 듯 자리에서 일어났다. 용호는 아무것도 모르겠다는 표정을 유지했다.

지금은 감출 때였다. 이 정도 힌트만으로도 자신을 천재라 생각할 것이다.

이곳은 나사다.

주변에서 듣고 보는 모든 것이 국가 기밀에 속하는 곳이다.

최대한 눈과 귀를 닫고 있어야 신상에 이로울 것 같았다.

"뭐, 생각난 게 있으신가요?"

연구원은 용호의 말을 듣지도 않은 채 급히 전화를 걸었다.

삐빅. 삐빅.

황색으로 넘어간 게이지는 초록색일 때와는 다르게 한층 빠른 속도로 빨간색을 향해 나아갔다.

가속도가 붙은 듯 보였다.

"이대로 끝나는 건가."

방웅용은 반쯤 포기 상태였다. 설계 단계에서부터 참여하여 발사 후 관리까지 맡고 있었다. 그게 벌써 몇 년 전 일이다.

"Shit!"

욕이 절로 나왔다. 이렇게 무력하게 있어야 하는지 답답했다. 이미 몇 번이고 코드를 확인해 보았다. 그러나 찾지 못했다.

왜일까.

도대체 뭐가 문제일까.

문제를 발견한 게 일주일 전, 어쩌면 시간이 부족했을지도 모른다. 조금만 더 살펴보았다면 해결했을지도 모른다.

그런 아쉬움이 온몸을 휘감았다.

띠리리리. 띠리리리.

순간 경고음이 아닌 옆에 놓은 전화기가 울렸다. 방웅용이 전광석화의 속도로 전화를 받았다.

"Yes! Yes!"

그러고는 이내 발을 동동 구르며 기뻐했다. 문제를 찾았다. 이제 해결할 차례였다.

황색의 끝부분까지 올라갔던 눈금이 차츰 아래로 내려가기 시작했다. 최초 설정한 궤도를 이탈하던 큐리오시티A가 정상 궤도를 찾아가고 있다는 데이터가 수신되기 시작했다.

000001110011||001221111|11000|11
11011|111|000|1111|000|110101100

정상 궤도를 찾았다는 메시지였다. 감격한 방응용은 눈물까지 글썽였다. 이제 인공위성이 정상 작동한다.

최초의 임무대로 화성 정찰을 정상적으로 수행할 수 있게 된 것이다.

"FixBugs팀에서 찾아냈다고요?"

"그게 좀 애매합니다. 그쪽에서 문제를 해결하기 위해 계속해서 질문을 던졌는데 그 질문을 들은 연구원이 해답을 떠올렸답니다."

"그게 애매한 겁니까? 원래 답을 구하는 첫 번째가 올바른 질문을 하는 겁니다. FixBugs팀이 저희를 살린 겁니다. 그분들은 어디 갔습니까?"

"문제가 해결됐다고 하기에 보안상의 문제로 일단 돌려보냈습니다."

센터에 외부인을 들인다는 것 자체가 어찌 보면 모험이다. 널린 것이 미국의 국가 기밀이다. 그런 곳에 오래도록 머물게 할 수는 없었다.

방웅용도 이해하는 바였다. 그리고 지금은 쉬어야 할 때였다. 벌써 며칠째 집에 들어가지 못했다.

센터에 오래 머물고 싶지 않은 건 용호도 마찬가지였다. 알아도 좋을 게 있고, 알면 알수록 위험해지는 게 있다.

이 정도 경험으로 충분했다. 아직도 뛰는 가슴이 진정되지 않았다.

"용호, 설마 문제 해결을 똑바로 안 했다고 계약을 파기하지는 않겠지?"

옆에서 해결 과정을 지켜본 데이브가 우려스럽다는 듯 중얼거렸다. 용호가 해결의 실마리를 주긴 했지만 직접적으로 해결한 것이 아니다.

"설마 나사가 그런 양아치 짓을 하려고."

"왜 해결하지 않은 거냐? 알고 있었으면서."

"응? 카스퍼스키, 그게 무슨 말이야?"

카스퍼스키는 데이브의 질문에는 답하지 않은 채 용호를 노려보았다.

"그러게. 무슨 말을 하는지 모르겠네."

용호도 의뭉스럽게 카스퍼스키를 바라보았다.

"때가 되면 말해주겠지."

카스퍼스키도 굳이 깊게 파고들지 않았다. 그러나 분명히 보았다. 질문 하나하나가 답을 향해 가는 과정이었다.

이미 답을 알고 있기에 할 수 있는 질문들, 카스퍼스키가 용호가 하는 행동을 보고 느낀 점이었다.

Chapter 8
오바마의 필승 전략

용호의 우려는 우려로 끝나지 않았다. 세계의 경찰을 자처하는 미국이다.

이른바 프리즘 프로젝트.

전 세계 인터넷에 접속할 수 있는 사람이라면 누구나 감시 가능한 시스템이다.

이메일을 확인할 수도 있고, 카드 사용 내역을 볼 수도 있다. 통신을 감청할 수도 문자를 훔쳐볼 수 있다.

전직 CIA 요원인 스노든의 폭로로 세상에 알려지게 된 이야기다.

일반인을 상대로 한 정보 수집이 이 정도다. 이제 용호는 일반인이 아니게 되었다.

NASA의 비밀을 약간이라도 알게 된 사람. 더구나 뛰어난 기술 능력을 가지고 있다.

"등록했어?"

"네. 등록했습니다. 과거 행적에 별 이상은 없어 보입니다."

"일단은 E레벨로 지켜보자고."

E레벨 CIA에서 요인을 감시할 때 붙이는 등급 중 가능 낮은 등급이다.

정, 재계 인물들만큼 중요한 것이 과학 기술 인력이다.

소리 없이 벌어지는 전쟁.

이른바 해킹.

컴퓨터로 돌아가는 세상에서 엔터 키 하나면 핵미사일이 발사될 수도 있다. 미국 전역의 전기가 꺼져 버릴 수도 있다. 과학 기술 인력, 그중에서도 프로그래머에 대한 관리는 어쩌면 당연했다.

"능력이 상당하긴 하나 보네요. 나사에서까지 요청할 정도면."

"그거야 모르지, 우리야 그저 지켜보기만 하면 되니까."

CIA 요원 두 사람이 지켜보고 있는 모니터에 용호의 사진이 선명하게 띄워져 있었다. 옆에 쓰여 있는 이력 역시 어느 것 하나 틀린 것이 없었다.

또다시 그의 이름이 들려왔다. 실리콘밸리에 있는 강경일에게서였다.

'이용호……'

자신의 귀에 계속 이름이 들린다는 건 그가 계속 성장하고 있다는 뜻이다. 이미 자신은 한국에서는 정점에 올랐다고 봐도 무방했다. 그런 자신의 귀에 계속 그의 이름이 들렸다.

'FixBugs, 이용호, k—coder라……'

뭔가 연관성이 있을 듯싶었다.

'어차피 순간일 뿐일 테니까.'

자신이 뿌리 깊은 나무라면 이용호는 이제야 갓 이름을 알리기 시작한 애송이였다.

뿌리가 깊다는 것은 그만큼 대한민국이라는 나라 구석구석과 깊숙이 연결이 되어 있다는 의미, 연결은 곧 힘을 의미한다.

"부회장님, 언론사 연락되었습니다."

"보도 자료 배포해."

"네."

─1인 개발자의 시대를 선도할 FindBugs Tools 출시

─버그로부터의 해방, 프로그래머에서부터 기획자, 디자이너까지 누구나 편하게 사용

─멀티 플랫폼 지향, 이클립스, 유니티, 비쥬얼 스튜디오 등 다양한 IDE 툴 지원

이미 B2B 영업은 거의 끝나 있었다. 뿐만 아니라 공공 기관

진출 계약도 막바지였다.

마지막 타깃인 일반 소비자를 대상으로 정진용이 만든 서비스가 출시되었다.

문어발식 확장. 돈이 되는 건 뭐든지 한다는 모토 아래서.

*   *   *

일은 끝났지만 언론에 기사 한 줄 나오지 않았다. 언론에 밝히지 않도록 한 건 이미 계약서에도 포함된 사항이었다. 할 수 있는 건 한 가지밖에 없다.

나사 협력 업체 등록.

나사에서 허락하기 전까지 어떤 문제를 해결했는지, 어떤 방법을 사용했는지 등은 자세하게 말할 수 없다.

하지만 그것만으로도 충분했다.

회사 공식 웹 사이트에 올라간 NASA 로고. 그것이 의미하는 바는 한 가지였다.

나사 협력 업체.

최고의 기술력을 가졌다는 증거였다. 용호는 나사 로고를 보며 뿌듯함을 감추기 힘들었다.

"형님, 기분이 좋아 보이십니다."

"당연한 거 아니냐?"

"저 빼놓고 가니까 재밌었습니까?"

"KSN에는 그렇게 안 가겠다고 하더니."

"거기랑 여기랑 다르잖아요!"

나대방이 빽 하고 소리를 질렀다. 용호는 전혀 개의치 않았다. 나사 로고를 보고 있는 것만으로도 기분이 좋아져 전혀 화를 내고 싶지 않았다.

솔루션 매출이 안정세를 보이면서 회사에 캐시플로가 생겼다. 이는 곧 기업이 갖추어야 할 요건 중 하나인 영속성을 갖추었다는 말이다.

오늘은 지금까지의 일을 자축하는 의미, 용호와 친한 몇몇 지인들이 그 자리를 함께했다.

"용호, 집이 너무 좋은 거 아냐?"

데이브가 부러운 듯 주변을 둘러보며 말했다.

"너도 살면 되잖아."

캐시플로가 생기면서 가장 먼저 했던 일이 인센티브 지급이었다. 그 이후 전체적으로 연봉도 인상했다. 데이브는 회사 내에서도 고액 연봉자였다.

"저축해야지, 저축!"

데이브가 제시의 눈치를 보며 말했다. 제시도 부러운 듯 집안을 둘러보고 있었다.

"그동안 정말 수고했고. 앞으로도 잘해보자."

용호가 먼저 잔을 들며 말했다. 그러자 친구들도 함께 잔을 들었다.

짠.

기분 좋은 밤이다.

나대방이 와인을 한 잔 마시며 물었다.

"형님, 한국에는 언제쯤 가실 생각입니까?"

조촐한 축하 파티였기에 와인 몇 병과 몇 가지 요리들이 식탁 위에 올라와 있었다. 나대방이 와인을 머금은 채 치즈 한 조각을 집어 들었다.

"가긴 가야지. 매출 300억이 되면 갈 생각이다."

나대방과 사선으로 마주한 용호도 술을 한 잔 들이켰다. 이미 부모님께도 말해두었다. 회사 매출도 안정적으로 성장 중이었다. 300억 정도면 가도 되지 않을까 생각하고 있었다.

매출 300억.

용호에게는 상징적인 숫자였다. 처음 잡았던 직장인 '미래정보통신'의 매출이 그 정도 했던 기억이 있었다.

"왜 너는 가려고?"

"네, 형님."

"……."

용호는 나대방을 물끄러미 바라보았다.

신세계에 있을 때부터 지금에 이르기까지… 항상 든든하게 뒤에서 자리 잡고 자신을 도왔다. 지금까지의 미국 생활이 성공적이라 평한다면, 그 평가의 절반은 나대방의 공이었다.

그런 만큼 그 사정이 궁금했지만, 보기 드문 나대방의 굳은 얼굴을 보니 궁금증도 사그라졌다.

"…그래."

"늦어도 이번 달에는 들어가려고 합니다."

나대방이 쐐기를 박듯 말했다. 마침 회사도 안정화가 되었고, 미국에서 배울 만큼 배웠다. 데이브나 제임스 같은 좋은 사람들과 인맥도 쌓았다.

나대방도 용호와 마찬가지로 미국에서 평생을 살 생각은 하지 않고 있었다.

"왜? 무슨 일 있는 거냐?"

"……."

나대방이 끝내 속사정을 털어놓지 않았다. 용호 역시 군이 꼬치꼬치 캐묻지 않았다. 보상, 나대방에게 보상을 해줘야 한다는 생각이 불현듯 들었다. 무슨 사정인지는 몰라도 이렇게 보낼 수는 없다.

"한국에 법인을 세운 건 너도 잘 알고 있을 거야."

나대방이 고개를 끄덕였다. 어찌 모를 수가 있는가. FixBugs라는 이름으로 함께 신세기에서 일도 했다.

"그 법인 대표로 일단 시작하자. 어차피 너도 한국 들어가면 일자리를 구해야지."

"……."

"무슨 일인지 몰라도 내가 도울 수 있는 게 있다면 말해줘. 내 울타리 안에 있는 사람이 걱정하는 모습 보고 싶지 않다."

나대방이 다시금 와인 한 잔을 입에 털어 넣었다. 용호도 그리 긴 말은 하지 않았다. 함께해 온 세월이 벌써 몇 년째다.

말하지 않아도 알 수 있었다.

나대방이 공손한 자세로 전화기를 붙들고 있었다. 평소 잔망스러운 행동들을 생각하면 이해되지 않는 모습이었다. 그러나 딱 한 명, 나대방의 잔망스러움을 없앨 수 있는 사람이 있었다.

나대방의 아버지, 나선기 의원이었다.

"한국에는 언제 올 거냐?"

"이번 달 안으로는 갈 겁니다."

"그래… 네가 꼭 해줘야 할 일이 있다."

"……."

"그동안 하고 싶은 대로 충분히 했으니… 한국에서 보자꾸나."

"네."

나대방은 더 이상 아버지의 말을 거역하지 않았다. 지금까지 충분히 자신을 배려했다는 사실을 자신도 알고 있었다.

"이미 결정한 일이니, 어떤 아이인지 나도 어서 보고 싶구나."

"조만간 같이 인사드리겠습니다."

집안에서 큰 양보를 했다는 사실을 너무나도 잘 알았다. 그렇기에 나대방은 아버지의 말에 반발할 수 없었다. 한국으로 가야 했다.

딱딱한 분위기는 온데간데없었다. 나대방이 마음을 열고 대할 수 있는 사람 중 하나였다.

"응, 곧 갈 거야."

"맨날 곧! 곧! 아직도 미국에서 배울 게 남은 거야?"

응석을 부리던 최혜진이 다시 진지하게 물었다. 남자친구의 앞길이나 방해하는 여자친구는 되고 싶지 않은 듯했다.

"아니, 형님이 회사를 하나 만들었는데 이제 슬슬 정착이 된 것 같아."

"그래? 그 오빠가 회사도 만들었어?"

"실리콘밸리에서는 꽤 잘나가. 형님 안 가시면 나라도 가려고, 이미 한국에도 법인을 만들어놨으니까. 그쪽으로 가면 될 것 같아."

"한국에도?"

최혜진의 놀람은 더욱 커졌다. Vdec이라는 스타트업에서 CTO로 활약하고 있다는 소식은 들었다.

그게 바로 얼마 전 일이었다. 그런데 그사이에 CEO가 되어 있었다.

"응. 한국에도… 여튼 이번 달 안으로 들어갈 테니까. 너무 걱정하지 말고 있어. 내가 부모님 허락도 다 받아놨으니까."

"알았어."

"우리 아기도 잘 크고 있지?"

"뱃속에서 난리야. 아빠 보고 싶다고."

"아빠도 너무 보고 싶다고 전해줘, 이제 곧 갈 거라고."

애틋한 마음이 열두 시간 동안 비행기를 타고 가야 하는 거리를 넘어 최혜진에게까지 전달되었다. 그래서일까, 불안했던 최혜진의 마음도 조금은 진정되는 듯했다.

*   *   *

"축하한다."

"아닙니다, 형님. 혜진이에겐 그저 미안할 뿐이죠. 소개해 준 형님한테도 면목 없습니다."

"뭐, 나한테까지 미안할 게 있나."

고개를 들지 못하는 나대방을 용호가 애써 일으켰다. 연인 사이에 일어난 일이다. 자신이 중간에서 상관할 일이 아니라 생각했다.

"이미 양가 허락은 다 받아두었습니다. 이번에 들어가서 제대로 얼굴 뵙고 인사드리려고요."

"그래, 그래야지. 그게 도리지."

"한국으로 가게 되면 미리 잘 준비해 놓겠습니다. 그리고 이미 일거리가 하나 있었는데 마침 잘 됐습니다."

"일?"

"네. 명색이 FixBugs 한국 법인 대표 아닙니까. 수입도 나쁘지 않을 겁니다."

용호의 얼굴에 물음표가 떠올랐다. 어떤 일을 말하는 건지 짐작조차 되지 않았다.

그런 용호를 앞에 두고 나대방이 계속해서 말을 이었다.

"물론 형님이 꼭 도와줘야 하는 일입니다."

"그래 한 번 들어나 보자."

이야기가 길어질 것 같았는지 나대방이 커피 한 잔을 타 왔다. 일에 대해 이야기하려면 배경 설명이 필요했다.

먼저 자신의 가족에 대해 설명하는 것이 순서였다.

4월 13일.

대한민국 국회의원을 뽑는 선거가 열리는 날이다. 현직 야당 의원인 나선기 역시 총선 준비로 눈코 뜰 새 없이 바빴다. 비록 이미 3선을 한 중진 의원이지만 방심할 순 없었다.

"결국 탈당을 하시기로 했다는 거군요."

"네."

"……."

굳어진 얼굴, 길어진 침묵. 나선기는 당혹감을 감추지 못했다. 제1야당으로 한 축을 이루고 있던 인물 한 명이 방금 전 탈당을 결심했다는 이야기를 전했다.

그렇지 않아도 사분오열하고 있는 야당에 대한 국민들의 지탄이 하늘을 찌르고 있는 때였다.

"어렵군요. 어렵게 됐어요."

나선기는 어렵다는 말만 되풀이했다. 비록 현 정부의 지지율이 바닥을 기고 있다지만 그것이 야당에 대한 지지율을 뜻하지는 않았다.

이런 상황이 계속 연출된다면 국민들의 정치에 대한 피로

감은 커져만 갈 것이고, 이는 곧 젊은 층의 투표 이탈로 나타난다.

"그래도 의원님은 3선이신데, 크게 걱정하지 않으셔도 될 겁니다."

동료 의원이 한마디 위로를 표했지만 나선기의 딱딱하게 굳어진 표정은 여전히 풀릴 줄을 몰랐다.

동료 의원이 하는 말은 제대로 들리지도 않았다.

판도를 바꿔줄 새바람이 불어야 한다. 그것이 젊은 층의 관심을 끌 수 있다면 더할 나위 없이 좋을 것이다.

*　　　　*　　　　*

가장 먼저 나타난 신체의 변화는 배였다. 비록 남들이 보기에 티가 나는 정도는 아니었지만 스스로를 속일 수는 없었다.

슬슬 입덧도 시작되는 참이었다. 그런 최혜진을 어머니가 한심스럽다는 듯 바라보았다.

"미국 놈은 아니지?"

"아, 진짜! 아니라니까!"

그렇지 않아도 날카롭게 신경이 곤두서 있던 최혜진이 짜증을 부렸다.

"엄마 때문에 지금 짜증 냈잖아! 릴랙스, 릴랙스, 아기야, 엄마는 괜찮단다."

"어이구, 저것도 내가 딸이라고 미역국을 먹었다니."

"어차피 결혼할 거 애부터 낳는 게 무슨 상관이야. 요즘에는 흠도 아니래."

"뭐, 이놈 자식아!"

속 터지는 최혜진 말에 어머니는 열불이 나는 듯했다. 임신을 해 배가 나오는 상황에 남편이 될 놈은 코빼기도 보이지 않았다. 화가 날 만했다.

"올 거야. 곧 온다고 했어. 한국 들어오자마자 연락하겠대."

"아이고, 답답해. 여보 무슨 말 좀 해봐요!"

최혜진의 어머니가 답답한지 소리를 질렀다.

"걱정하지 마, 내가 이놈의 자식 오기만 하면 다리몽둥이를 분질러 버릴 테니까."

최혜진의 아버지도 화가 단단히 난 듯했다. 그런 부모님의 모습이 한편으로는 이해가 가면서도 한편으로는 아쉬웠다.

"아빠까지! 사위 다리몽둥이를 분지르는 집이 어디 있어."

"혜, 혜진아 그래도… 이 아빠는……."

"아빠!"

최혜진이 다시 한번 소리치자 아버지는 꼼짝도 하지 못했다. 전형적인 딸 바보 아버지의 모습, 그것이었다.

땡동.

벨 소리가 울렸다. 문밖에 거구에 말끔한 정장을 차려입은 남자가 한 명 서 있었다.

한 손에는 명절 때나 볼 법한 한우 세트와 과일 바구니를 들고 있었다. 긴장한 기색이 역력했다.

"들어와."

반기는 이는 최혜진밖에 없었다. 두 분 부모님의 얼굴에서는 쌀쌀한 찬바람이 불었다.

나대방도 충분히 이해했다.

"아, 안녕하십니까."

"자네가 나대방인가?"

"네."

"일단 들어오게."

싸늘한 목소리, 나대방의 긴장감은 더해만 갔다.

누구 하나 먼저 입을 떼는 사람이 없었다. 최혜진도 차마 아무 말 하지 못했다. 나대방은 죄인처럼 무릎을 꿇은 채 앉아 있었다.

최혜진의 어머니는 숫제 얼굴도 보기 싫다는 듯 몸을 옆으로 튼 채 앉아 있었다. 그나마 아버지가 정면으로 나대방을 바라보았다.

그 불같은 시선에 얼굴이 다 타버릴 것만 같았다.

"드디어 얼굴을 보게 되는구먼그래, 미국에서 일을 하고 있다고?"

"네. 이제 일이 마무리돼서 한국으로 돌아왔습니다. 한국에 새롭게 지사도 세우기로 했습니다."

"그럼 일자리는 있다는 말인가?"

"네. 맞습니다."

이야기를 듣던 최혜진의 어머니가 성이 풀리지 않는지 입을 열었다.

"흥, 아랫도리 하나 제대로 간수 못 하는 놈이 일자리는 무슨 보나 마나겠지."

"어, 엄마!"

"자네가 지금 무슨 짓을 했는지는 알고 있겠지."

"무, 물론입니다. 어떤 말씀이든 달게 받아들이겠습니다."

나대방은 그저 저자세를 유지했다. 싸대기를 맞지 않는 것을 다행이라 생각했다. 만약 자신의 딸이 임신을 해서 찾아온다면… 상상도 하고 싶지 않았다. 그런 일을 저지른 것이다.

그나마 이성을 유지하고 있던 최혜진의 아버지가 물었다.

"그래, 아버지는 어떤 분이시고."

통상적인 질문이었다. 최혜진의 어머니도 듣지 않는 척 몸을 돌리고 있었지만 귀만은 쫑긋 세우고 있었다.

"호, 혹시 아실지 모르겠습니다. 나선기 의원이라고, 국회의원이십니다."

"……."

최혜진의 어머니가 잘못 들었다고 생각했는지 다시 물었다.

"자네 방금 뭐라고 했나? 국회의원?"

"네. 시민당 소속으로 국회의원이십니다."

"……."

방 안에는 눈동자 굴러가는 소리만 들렸다. 그 눈동자는 최혜진을 향해 있었다. 해명을 요구하는 눈길이다. 그러나 최혜진도 나대방을 보고 있었다.

"오, 오빠, 아버지는 공무원이시라며."

그 말에 나대방이 머리를 긁적이며 답했다.

"고, 공무원 맞잖아. 국회의원도 공무원이니까."

나대방의 말에 최혜진의 부모님이 동시에 헛기침을 시작했다. 마치 사레라도 걸린 듯, 한 번 시작된 헛기침은 쉬이 멈출 줄을 몰랐다.

기침 끝에 최혜진의 아버지가 한마디 내뱉었다.

"바, 반갑네, 사위."

쿨럭.

이번에는 나대방이 기침을 시작했다.

나대방의 결혼 결심에 이어 데이브와 제시 커플도 분위기가 심상치 않았다. 유대감을 가지고 있던 사람들이 하나둘씩 사라지려 했다.

아무래도 결혼을 하고 애를 낳으면 가족과 함께하는 시간이 많아지는 법, 그리되면 결국 자연스레 거리감도 생기는 법이다.

'매출 300억이 넘으면 슬슬 돌아가야지. 미래정보기술보다 많아지면… 나도 꽤 성공한 거겠지.'

거창한 목표를 잡을 수도 있겠지만, 일단 1차로 설정한 지점이었다.

매출 300억.

불가능해 보이던 숫자가 이제 코앞까지 다가왔다. 이미 처음 미국에 왔을 때 생각했던 목표는 대부분 달성했다.

충분히 배웠다.

먹고 살 만큼의 돈도 벌었다.

한 회사의 CEO로서 어디 가서 아메리카 드림을 이뤘다고 할 수 있었다.

'미국 지사는 제시에게 맡기는 게 좋겠어. 밑에 데이브와 제프, 소현 누나를 두고.'

이럴 때를 대비해 큰 그림까지 그려두었다. 제시야 워낙에 사리 분별이 확실하니 큰 문제없이 돌아가리라.

'300억이 넘으면……'

용호가 생각에 잠긴 채 집을 둘러보았다.

혼자 살기에는 좀 넓은 집.

나대방의 빈자리가 유달리 크게 느껴졌다. 생각에 잠겨 있는 건 잠시였다. 나대방이 부탁하고 간 일이 있었다. 또 움직여야 했다.

*　　　　*　　　　*

빅 데이터.

A/B 테스트.

데이터 과학.

오바마가 대선에서 승리할 수 있었던 방법들의 주요 키워드들이었다.

'A/B 테스트라……'

나대방이 용호에게 부탁하고 간 것이었다. 빅 데이터나 데이터 과학은 용호도 익숙한 것들이다.

이미 추천 관련 일을 하며 수없이 접했던 단어들이다.

'이런 방법이 있었단 말이지.'

하지만 A/B 테스팅은 생소했다. 사실 별다른 건 없다. 원본인 A, 약간의 변화를 준 B, 두 개를 테스트하여 상태를 개선해 나가는 방법이었다.

'확실히 오바마가 대단하긴 해.'

미국 대선 당시 오바마가 이와 같은 방법을 사용했다.

대선 자금을 모금하는 사이트가 있었다.

처음 이 사이트에 가입하는 버튼의 이름은 SIGN UP, 통상적으로 사용하는 이름이었다.

A는 SIGN UP.

그리고 이 버튼의 이름을 바꾸어보았다.

B는 LEARN MORE.

일정 시간이 지나고 버튼의 이름은 다시 변경되었다.

JOIN US NOW.

이렇게 변화를 주며 상태를 관찰해 본 결과 LEARN MORE가 가장 높은 클릭률을 보였다.

결과는 놀라웠다.

기존보다 40% 이상의 가입자가 증가했다.

'…공부는 끝이 없다더니.'

나대방이 용호에게 부탁한 것이 A/B 테스트였다.

"아버지가 선거에 나가십니다. 추후 멀리까지 내다보시는 분이라 이번에 오바마처럼 실제 A/B 테스트를 해보고 싶어 하십니다. A/B 테스트가 정말 효과가 있는지까지요. 형님이 도와주었으면 합니다."

미국에 가기 전 나대방이 남긴 부탁이었다.

나선기가 나대방의 어깨를 두드렸다.

"잘 돌아왔다."

"네."

"그래 며늘아기는 어디에 있고."

"지금 집에서 쉬고 있습니다. 수일 내에 자리를 한 번 마련하겠습니다."

"빨리 보고 싶구나."

나대방의 어깨를 두드리는 나선기의 손에는 주름이 가득했다. 나선기도 이미 환갑을 넘은 나이였다. 형제들 중 막내인 나대방까지 결혼을 하면 이제 모두 출가하는 것이다.

마지막 남은 자식이다.

"부탁하신 일은… 걱정하시 않으셔도 됩니다. 제가 알고 있는 최고의 실력자에게 맡겨두었습니다."

"그래… 그래……."

나선기는 건성으로 듣고 있는 듯 보였다. 총선만큼 자식도 중요했다. 이제 환갑을 넘어 종심으로 가고 있는 나이였다. 무엇이 더 중요하고 무엇이 중요하지 않은지 정도는 분간할 수 있게 되었다.

"그럼 방에 들어가 보겠습니다."

집은 미국에서 용호와 살았던 집보다 커 보였다. 한남동에 위치한 2층 주택, 그곳이 나대방의 집이었다.

'우리 솔루션에도 적용할 방법이 없을까.'

이 A/B 테스트는 실시간으로 화면을 수정할 수 있는 '웹'에 특화되어 있는 듯 보였다.

웹에서는 수시로, 간단하게 사용자가 보고 있는 UI를 변경할 수 있었다. 나대방은 아버지 선거와 관련된 SNS나 선거 홈페이지에 이런 방법론들을 사용하길 원했다.

용호는 거기에서 그칠 생각이 없었다.

'이게 바로 일석이조지.'

오바마가 사용한 방법을 보면 이미지 하나, 사이트에 쓰인 문구 하나, 버튼 하나까지… 그냥 지나치는 법이 없었다.

바뀔 때마다 접속 기록 데이터를 수집했고 비교 분석을 통해 더 나은 방법을 찾아 나갔다.

'항상 디테일에서 갈리는 법이지.'

A/B 테스트는 어떤 프로그램이라기보다는 상황을 개선해

나가는 일종의 방법론이다.

인생은 두 번 살 수 없기에 매번 최선의 선택을 해야 한다.

하지만 인터넷 세상, 웹은 다르다. 수정에 수정을 거듭할 수 있다. 그렇게 디테일을 살려나가는 것이다.

"디자인팀 잠깐 들어와 보세요. 그리고 데이브 너도."

데이터에 관해서라면 용호 못지않은 전문가가 데이브다. 그리고 수치를 통해 나온 인사이트를 적용할 디자인팀을 함께 불렀다.

하나부터 개선해 나가면 어느새 열이 바뀌어 있을 것이다.

야당은 둘, 아니, 셋으로 쪼개져 버렸다. 시민당의 대표가 동분서주하며 새로운 인물들을 모집하고 있었으나 미풍이 부는 정도였다.

그렇다고 해서 질 수는 없다. 내 자식이 행복하게 살 수 있도록 해주기 위해서, 한 발 더 나아가 내 자식의 친구들이 행복하게 살 수 있도록, 그리고 그 친구의 친구가 행복하게 살 수 있도록 만들고자 했다.

그 마음만은 아직 변치 않았다.

"아버지, 정말 괜찮겠어요?"

"어차피 이번이 마지막이라 생각하고 있었다. 여기서 이기지 못하면 그 뒤도 없다. 후배들에게 자리를 물려줘야지."

"……"

나선기의 의지는 단호했다. 대표적인 야당 시민당의 3선 의원으로서 쉽지 않은 결심이 분명했다.

"너무 걱정하지 말거라. 잘될 거야."

"강남구 을은… 정말 쉽지 않을 겁니다."

항상 출마했던 곳이 강북구 을이었다. 이번에는 달랐다.

강남구 을.

여당의 대표적인 표밭 중 한 곳이다. 지난 2000년도부터 지금까지 단 한 번도 야당이 승리한 적이 없는 곳이었다.

야당의 무덤으로까지 불렸다.

"이번에는 너도 있지 않느냐."

나선기가 든든하다는 듯 나대방을 바라보았다. 그 시선 속에는 따뜻함이 묻어 있었다.

삼남 중 막내가 나대방이다. 비록 두 명의 형들은 자신의 기대와는 다를지라도 나대방만은 달랐다.

자신이 원하는 모습까지는 아니었지만 크게 벗어나지 않았다. 오히려 그 점이 더 자랑스러웠다.

자신의 주관은 지키되 대의에서 벗어나지 않는 그 모습이 든든했다.

"아버지……."

젊은 시절 넘지 못할 거대한 절벽과도 같아 보이던 아버지의 머리에 어느새 흰머리가 가득했다. 눈가에는 주름이 자글자글했다. 나선기가 다 안다는 듯 고개를 주억거렸다.

*　　　　*　　　　*

처음 들었을 때 용호도 무척 놀랐다.

아버지가 국회의원이라니! 이 새끼 금수저였잖아!

왠지 속은 기분까지 들었다. 그러나 그 기분이 그리 길게 이어지지는 않았다.

함께 지새웠던 지난밤들과 흘렸던 진한 땀들이 용호로 하여금 받아들이게 만들었다. 이제 그런 것에 열등감을 가지지 않아도 될 만큼의 위치이기도 했다.

아마 나대방도 그런 점을 고려해서 이제야 말한 것이리라.

'그러고 보면 생각보다 생각이 깊단 말이야.'

가끔 잔망스러운 행동을 할 때도 있지만 그 중심에는 성실함과 우직한 뚝심이 자리했다.

용호가 생각에 잠겨 있는 사이 데이브가 모의 선거 결과를 가지고 들어왔다.

"너무 어려운데……."

"그래도 한번 해봐야지."

"68 대 32야."

"……."

데이브의 말대로 쉽지 않을 듯했다. 지지율에서 발생하고 있는 차이가 이미 두 배였다.

"진짜 될까?"

"너도 있고 나도 있는데 못 할 게 뭐야. 될지 말지 걱정하지 말고, 어떻게 하면 되는지 찾아가 보자."

"내가 분석한 결과에 따르면 이번 선거에서 사용하지 말아야 할 말들이 있는데……."

데이브의 말이 길어졌다. 듣고 있는 용호의 눈이 이채를 발했다. 한동안 토의는 끝나지 않았다.

용호가 미국에서 보낸 모의 선거 결과를 받아 든 나대방도 침묵에 빠질 수밖에 없었다. 결과는 처참했다. 차마 말하고 싶지 않았다.

"……."

"결과가 어떻다고 하더냐?"

"현재 지지율에서 두 배 정도 차이가 난다고 합니다."

나대방의 침울한 말에 나선기가 허허롭게 웃으며 답했다.

"이미 예상했던 결과인데 뭘 그리 신경 쓰고 그러느냐."

"그래도……."

"이왕 하기로 한 거 믿고 가봐야지. 그래, 다른 말은 없었고?"

"먼저 연설을 하거나 사람들과 대화를 할 때 무상, 복지, 민주화, 이런 단어를 사용하지 말고 경제, 발전, 혁신, 이런 단어를 사용하라고 합니다."

"당의 지침과는 너무 다른데……."

"데이터 분석 결과 구의 주민들이 좋아하는 단어라고 합니다. 저를 믿어주시기로 했으면… 따라주세요."

나대방이 단호하게 답했다. 나선기도 단단히 마음을 먹었는지 나대방의 말에 고개를 끄덕였다.

"그래, 그렇게 하자."

당장 다음 날부터 나선기의 SNS에 올라가 있던 대부분의 글들이 수정되었다.

시민당 총선 태스크 포스팀.

수많은 사람들이 움직이며 어수선한 분위기를 자아냈다. 그 한가운데 시민당 당 대표라는 직함을 가진 남자가 앉아 있었다.

"대표님, 나선기 의원 쪽이 당 지침과는 조금 엇나가고 있는 것 같습니다."

"그래요?"

"당에서 지정해 준 단어들을 전혀 사용하지 않고 있습니다. 공약 역시 마찬가지고요."

"흠……"

"이대로 놔둬도 될까 싶습니다. 혹시나 여당 쪽에서 접촉하고 있는 거라면……."

"어차피 그쪽 선거구가 강남구 을이니 그냥 두고 봅시다."

"알겠습니다."

남자도 이야기를 길게 끌지 않았다. 어차피 신경 써야 할 곳이 한두 군데가 아니었다. 강남구 을은 거의 포기하다시피 한 선거구, 나선기의 작은 변화를 그리 민감하게 받아들이지 않았다.

나선기가 대로변에 지나가는 사람에게 명함을 건네며 말했다.

"투표 참여 부탁드립니다."

그러자 그 뒤에 함께하고 있던 선거 운동원들이 한목소리로 외쳤다.

"경제를 우리 손으로."

"미래를 우리 손으로."

"4월 13일 대한민국 국회의원을 뽑는 날입니다!"

선거 운동원들이 외치는 구호에 나선기의 이름은 빠져 있었다. 선거 운동을 하면 할수록 미심쩍었다. 믿고 맡기고는 있지만 기존의 방식들과 너무 상이했다.

"이걸로 정말 괜찮을지 조금 걱정스럽구나."

"강남구 을에 사는 주민의 평균 나이가 38.5세입니다. 이렇게 젊은 층이 많은데 왜 여당의 표밭일까요? 투표율이 높기는 하지만 젊은 층이 투표를 하지 않기 때문입니다. 분석 결과가 그렇게 나왔습니다."

나선기가 여전히 미심쩍어했지만 나대방은 확고했다. 중심을 잃으려는 나선기에게 다시 한번 강조했다.

"수치가 그렇게 말하고 있습니다."

데이브의 목소리가 평소와 달리 한 톤 올라가 있었다. 뭔가 좋은 소식이 있다는 증거였다.

"용호!"

"왜? 결과가 좋게 나왔어?"

"58 대 42. 이 정도면 많이 따라잡았는데?"

"오호……."

"이번 데이터 분석을 토대로 다음번에는 시스템을 만들어도 되겠어. 미국 대선이야말로 엄청난 기회야."

나선기의 선거를 위해 자체 시스템까지는 개발하지 못했다. 그러기에는 시간이 부족했다.

그래서 생각해 낸 것이 쿠글의 서비스를 사용하는 방법이었다. 쿠글 analytics.

자사의 웹 사이트를 등록하면 하면 사용자가 어떤 활동을 하는지 세세하게 추적해 준다.

웹뿐만이 아니라 고급 통계 기법들도 클릭 몇 번으로 사용할 수 있었다.

"우리도 그 기회를 한번 잡아보자."

용호도 미국 대선까지 생각하고 있었다. 몇억 불은 우습게 투입되는 것이 미국 대선이다.

이른바 돈 잔치라고도 불렸다.

오바마의 IT 활용 덕분인지 그에 대한 수요도 천정부지로 치솟고 있었다.

"그러기 위해서는 일단 이번에 잘해야 한다는 말이지?"

"물론."

편했다. 데이브에게는 긴 설명을 하지 않아도 되었다. 미래를 계획하기 위해서는 먼저 나선기를 선거에서 이기도록 만들어야 했다.

자그마한 안내 표지판도 하나 없었다. 그저 노트북 하나가 놓여 있었다.

그 앞에 나대방이 앉아 있었다. 거대한 덩치의 나대방을 보는 사람들의 시선은 그리 곱지만은 않았다.

"아버지 따라서 정치나 하려고 왔나 보지?"

"하여간 금수저들……."

"빅데이터? 웃기는 소리하고 있네. 선거가 뭔지도 모르는 게."

대부분 비슷한 반응이었다. 나선기의 아들이라는 사실만 아니었다면 진작 쫓겨났을 것이다.

"의원님, 저는 더 이상 못 하겠습니다."

벌써 두 명째였다. 몇 년간 나선기 의원을 보필했던 보좌진 중 두 명이 사의를 표명했다.

"수고 많았네."

나선기도 굳이 긴 말을 붙이지 않았다. 쉽게 이길 수 있는 길을 두고 강남구 을에 나간다고 했을 때부터 캠프 사람들은 동요하고 있었다.

그런데 선거 전략까지 기존의 방식을 무시했다. 마냥 붙잡아 두기에는 미래가 너무 불확실했다.

자신이 짊어져야 할 생사의 순간을 아랫사람들에게까지 강요하고 싶지 않았다.

방금 사의를 표명한 남자가 근처에서 담배를 한 대 물고 있었다. 그 뒤로 후배로 보이는 듯한 남자가 쫓아 나왔다.

"이게 무슨 말도 안 되는 짓거리입니까?"

"그러니까 너도 빨리 딴 길 찾아봐."

"하아… 선거 유세 나가서 이름을 알리지는 못할망정 투표 독려만 하고 오다니요."

"그것뿐이냐? 우리가 무슨 여당도 아니고 계속 그놈의 경제 발전에 '복지'에 '복' 자도 못 꺼내게 하시더라."

불만이 단단히 쌓인 듯 말을 할 때마다 분노가 섞여 나왔다. 방금 사표를 낸 남자가 길게 담배 한 모금을 빨아 당겼다.

"이제 은퇴하실 때가 된 거겠지. 여기까지가 한계였던 거야."

쫓아 나왔던 남자도 동의한다는 듯 위아래로 고개를 끄덕였다.

오히려 나선기가 나대방을 안심시켰다.

"괜찮다. 걱정하지 마라."

"그래도… 이제는 일하는 사람이 빠지는 걸 걱정해야 한다니."

나대방도 살짝 의심스럽기는 했다. 달라도 너무 달랐다. 하지만 용호를 믿었다. 그랬기에 데이터가 잘못된 건 아닌가, 라

오바마의 필승 전략 **241**

는 생각까지 했다.

"잘될 거다. 모의 선거 결과도 좋게 나왔으니 걱정 말거라."

나선기는 애써 나대방을 위로했다. 상황이 그리 좋게만 흘러가고 있지 않았다.

용호가 보내준 자료에 의하면 현재 자신의 지지율이 42%였다. 그러나 문제가 있었다.

언론사에서 발표한 자료로는 30%대였다. 언론사마다 약간씩의 차이는 있었지만 40%를 넘어간다고 발표한 언론사는 없었다.

"네… 또 나가시죠. 한 사람이라도 더 만나야 하니……."

나대방 역시 이렇게까지 다를 줄을 몰랐다. 언론사와 용호 둘 중, 누가 맞는지는 이제 일주일 뒤면 확인할 수 있다.

같은 시각, 미국 용호의 사무실에는 희열이 번져가고 있었다. 53 대 47.

비록 나선기가 47%였지만 격차가 계속 좁혀지고 있다는 것이 중요했다.

"용호, 이러다가 곧 역전하겠는데?"

데이브도 들뜬 기색이 역력했다. 나선기의 기세가 사뭇 무서웠다. SNS에서부터 나선기 선거 홈페이지에 들어오는 사람들을 통한 설문 조사, 게시판에 달리는 댓글 등 최대한 자료를 수집했다.

웹 크롤링을 통해 수집된 자료를 정제하여 쿠글 analytics에

입력했다. 그리고 유의미한 결과를 도출했다. 그 결과들이 차츰 힘을 발휘하고 있었다.

"데이브 네 힘이 컸어. 아직 자축하긴 힘드니까 끝까지 방심하지 말고."

"알았어. 나는 또 할 만한 게 없는지 찾아볼게."

데이브는 신이 나는 듯 보였다. 데이터를 분석하여 방향성을 정한다. 그 방향성이 현실에 적용되어 실제로 이루어지고 있었다.

자신의 뜻대로 현실이 흘러가는 것이다.

"이거 진짜 이기겠는데……"

수치상으로만 보면 그랬다. 용호가 보고 있는 나선기의 지지율 그래프가 가파르게 상승하고 있었다.

나대방이 직원들에게 준 마지막 일감은 SNS를 통한 투표 독려 캠페인이었다.

"이런 것까지 해야 하나……"

쪽지를 보내고 있는 직원들이 한숨을 내쉬었다. 지금 당장 자신들까지 나가서 목청 높여 나선기의 이름을 외쳐도 될까 말까 했다.

그런데 사무실 구석에 앉아서 컴퓨터로 쪽지나 보내고 있다니, 이게 무슨 짓인가 싶었다.

그러고는 한쪽 구석에 앉아 있는 나대방을 바라보았다.

"아들이라고 하나 있는 게 아버지를 망치는구나."

나선기를 가장 오랫동안 보필한 보좌진의 제일 상석에 있는 남자가 조용히 중얼거렸다.

벌써 그와 함께한 세월만 20년이 넘어가고 있었다. 이제 자신도 50대를 넘은 나이, 이제 마지막이라는 생각이 머리에서 떠나가질 않았다.

*　　　　*　　　　*

사무실 한가운데 40인치 TV가 설치되어 있었다. 그 뒤로 무수한 사람들이 자리에 앉아 있었다. 하나같이 스크린에 집중하고 있는 중, 그 사이로 방송사에서 나온 기자와 카메라맨들이 한 남자를 비추고 있었다.

"안녕하십니까. MBK 박근한 기자입니다. 국민 여러분. 방금 전 투표가 마감되었다는 소식이 들어왔습니다. 저는 지금 신누리당 강경철 의원 사무실에 나와 있습니다. 강경철 의원님, 나선기 의원과 강남구 을에서 다투게 된 것에 대해 어떻게 생각하십니까?"

"하하, 비록 나선기 의원이 국회에서 잔뼈가 굵으신 분이지만 저 역시 그에 못지않은 경력과 능력을 갖추고 있다고 생각합니다. 강남구 주민들께서 현명하게 선택하셨으리라 보고 있습니다."

"출구 조사 결과 현재 58 대 42로 의원님의 승리가 예상되고 있는데요, 이에 대해서는 어떻게 보십니까?"

기자의 질문에 강경철이 호탕하게 웃으며 답했다.

"출구 조사 결과가 그렇다면 투표 결과도 비슷하게 나오지 않을까 봅니다."

투표가 마감되었고 개표가 시작되려 했다.

반면 나선기 사무실은 한산했다. 사무실 분위기가 그런 한산함을 더했다.

다들 그리 기대하는 눈치가 아니었다.

"곧 개표 시작한다고 합니다."

나선기가 가만히 고개를 끄덕였다. 투표까지 끝이 나자 한층 나이를 먹은 듯 보였다.

나대방도 초조한 표정으로 개표 방송을 지켜보았다.

그건 미국에 있는 용호도 마찬가지였다.

데이브도 함께 모니터 앞에 앉아 있었다. 시민당 의원임을 뜻하는 파란색 그래프가 상당한 높이로 올라가 있었다.

"용호!"

"그래, 나도 보고 있다."

빨간색 그래프보다 파란색 그래프가 높았다. 절반 정도 개표를 한 결과가 그랬다.

파란색 그래프가 빨간색 그래프보다 높았다.

나선기가 선거에서 이기고 있다는 뜻이었다.

            *   *   *

'강남구 을'.

대치 1동, 대치 2동, 대치 4동, 개포 1동, 개포 2동, 개포 4동, 일원 본동, 일원 1동, 일원 2동, 수서동, 세곡동의 주민들이 투표를 하는 선거구였다.

그래서 강경철을 내보냈다.

전직 국토교통부 장관.

'강남구 을' 주민들의 염원인 재건축을 빠르고 투명하게 진행시킬 단 한 사람이라는 캐치프레이즈를 달고서.

모든 사람들이 강경철의 압승을 예상했다.

나선기가 비록 시민당의 중진 의원이고 국회에서 잔뼈가 굵었다지만 이구동성으로 말했다.

무리수.

나선기 의원이 무리수를 던졌다.

정치에 잔뼈가 굵은 사람이라면 4.13일 총선이 끝나면 은퇴하는 수순을 밟을 것이라 생각하고 있었다.

그러나 결과는 정반대로 나타나고 있었다.

오판.

다들 공통적으로 머릿속에 떠올린 생각이다. 관계자들의 대부분이 혼란에 빠져들었다. 개표 결과가 예상치 못한 방향으로 흘러가고 있었다.

"개표율 70% 현재 나선기 의원이 63,123표로 앞서고 있습니다."

방송을 통해 흘러나오는 소식에 강경철 의원의 선거 캠프는
패닉 상태에 빠져 버렸다.

그렇다고 당장 할 수 있는 일이 있는 것도 아니었다. 이미 던
진 주사위를 다시 잡을 수는 없었다.

화면을 보고 있는 나선기의 몸이 떨려왔다. 그건 옆에 앉아
있는 나대방이 가장 먼저 알 수 있었다.

"대… 대방아."

몸에서 시작된 떨림이 목소리로 삐져나왔다. 아버지에게서
전염된 듯 나대방도 떨고 있었다.

"아, 아버지."

나대방이 옆에 앉아 계시는 아버지의 손을 힘주어 잡았다.
반쯤은 포기하고 있었다. 화면에 나오는 수치는 그런 생각을
비웃기라도 하듯 계속 올라가기만 했다.

이대로 개표율이 5%만 더 진행된다면 곧 당선이 '확정'된다.
나머지 표가 모두 강경철 의원을 찍었다고 해도 나선기보다는
부족할 것이기 때문에.

TV를 보던 최혜진의 아버지가 목청 높여 최혜진을 찾았다.

"혜, 혜진아! 이리 나와보거라!"

"임산부한테 소리를 지르면 어쩌자는 거야!"

최혜진은 툴툴거리면서도 방에서 걸어 나왔다. 그사이 배는

점점 더 불러오고 있었다.

태교를 위해서라도 개표 과정을 지켜보기 힘들었다. 앞으로 시아버님이 될 분이 엎치락뒤치락할 때마다 긴장되어 볼 수가 없었다.

일부러 방 안에 앉아 있었다. 그렇지만 신경은 온통 바깥의 TV에 가 있었다.

"이, 이거 봐라, 이거 봐봐!"

거실로 나가자 이번에는 최혜진의 어머니가 떨리는 손으로 최혜진을 잡아끌었다.

무의식중에 나온 힘에 최혜진이 맥없이 딸려 바닥에 앉았다.

"응? 저, 저게 지, 진짜야?"

"그, 그래. 화, 확정이란다. 구, 국회의원이서."

최혜진의 어머니가 떨리는 목소리로 중얼거렸다. 화면에는 나선기 의원이 최종 당선되었다는 뉴스가 흘러나오고 있었다.

—그럼 현재 나선기 의원 캠프에 나가 있는 김재준 기자 불러보겠습니다. 김재준 기자.

TV의 앵커가 기자를 찾자 화면은 바로 이동되었다. 그곳에는 최혜진이 익히 알고 있는 얼굴 두 명이 있었다.

한 명은 아이의 아버지, 또 한 명은 곧 시아버님이 될 분이었다.

나선기 의원 선거 캠프 사무실은 축제 분위기였다. 당선이 '확정'되자 근처에 대기하고 있던 언론사와 방송사의 기자들이 캠프 사무실로 들이닥쳤다.

"안녕하십니까. 김재준 기자입니다. 저는 현재 나선기 의원의 캠프 사무실에 나와 있습니다. 현재 선거 캠프는 당선 확정이 나오는 순간 기쁨을 감추지 못하고 있습니다. 그럼 15년 만에 여당의 표밭이라 불리는 '강남구 을'에서 승리하신 나선기 의원을 만나보겠습니다."

기자가 나선기 의원에게 마이크를 옮겼다. 이미 수십 대의 카메라가 돌고 있었고 여기저기서 플래시가 터졌다.

옆에 있던 나대방은 눈이 부셔 제대로 서 있을 수조차 없었다.

나선기는 달랐다.

이미 익숙한 일인 듯 그간의 초조함이나 걱정들은 던져 버리고 태연하게 마이크를 받았다.

"먼저 이렇게 저를 선택 해주신 국민 여러분들께 감사드립니다. 강남구 주민들이 원하시는 것이 무엇인지 이번 선거를 통해 더욱 명확하게 알게 되었다고 생각합니다. 앞으로 국회에서 이를 관철시키는 데 온 힘을 쏟겠습니다."

나선기의 말에 뒤에서 대기하고 있던 기자가 다급히 질문을 던졌다.

"이번 선거의 승리로 여당은 표밭까지 내주는 수모를 겪었다고 할 수 있는데요. 이러한 센세이션을 바탕으로 내후년에 있을 대선 후보로까지 거론되는 것에 대해서 어떻게 생각하십니까?"

나선기의 입가에 부드러운 미소가 걸렸다. 일, 이 년 정치판에서 뒹군 것이 아니다.

그러한 정치인들이 목표로 하고 있는 것이 있다면 대선, 곧이 나라의 수장이 되는 일이다.

나선기 역시 같은 꿈을 꾸고 있었다. 이번 선거로 그곳에 한걸음 다가갔다고 할 수 있다.

이런 질문이 온다는 것 자체가 한층 가까워졌음을 의미했다. 꿈에 가까이 왔다는 것, 미소는 당연했다.

"국민이 주신 소임이라면 그것이 무엇이든 마다할 생각은 없습니다."

나선기의 말은 다양한 의미로 해석될 수 있었다. 그렇지만 그 말을 들은 사람들은 누구나 같은 생각을 할 것이다.

나온다.

틀림없이 나온다.

국회의원에 당선된 것을 축하하는 자리이자 대선 출마를 선언하는 자리가 되어버렸다.

용호도 뉴스를 통해 확인했다. 최종 결과 나선기가 당선되었다. 데이브는 연신 소리를 지르고 한바탕 난리를 부렸다.

"국회의원을 별로 좋아하진 않지만 나대방의 아버지라니… 다르게 보이긴 하네."

"와우! 나대방의 아버지가 국회의원이라니… 정말 대단한 집 자식이었잖아."

"나도 이번에야 알았다."

"흐흐, 이제 한국 가면 허리 숙여 인사해야겠는걸?"

"누가?"

데이브가 당연한 것 아니냐며 용호를 가리키며 음흉하게 웃어댔다.

"헛소리."

용호가 말도 안 된다는 듯 고개를 설레설레 저었다. 하지만 내심 불안함도 있었다.

"설마……."

뉴스를 확인하는 용호는 아직도 잘 믿기지 않았다.

현직 국회의원, 그것도 앞으로 대선 주자로까지 평가받는 인물이다. 다른 나라 이야기 같았다. 그러나 아니었다. 자신의 손으로 직접 당선시킨, 현실의 이야기였다.

강경일이 곤혹스러움을 감추지 못했다. 전화를 받으며 계속해서 보이지도 않는 상대를 향해 허리를 숙였다.

"내 알아보니 나 의원 아들이 이번 선거에서 결정적인 역할을 했다더라. 너는 도대체 뭐 하는 놈의 자식이냐."

"……"

"실리콘밸리까지 가서 배운 게 있으면 한국 들어와서 이번 선거에 도움이라도 주지. 이야기를 들어보니 상황도 그리 좋지 않다면서."

"그, 그런 게 아닙니다. 상황이 나쁘다기보다 현재 사업 시작 단계라 바빠서 그렇습니다."

변명은 현재 상황을 개선하는 데 전혀 도움이 되지 않았다.

강경철은 오히려 더 답답하다는 듯 말했다.

"하여간 자식 새끼라고 있는 건 미국 가서 헛짓거리나 하고 있고, 도움이 안 돼요, 도움이. 쯧쯧."

강경철이 혀를 찰 때마다 강경일은 전화기에서 얼굴을 뗐다. 그러고는 아주 조용하게 누구에게도 들리지 않을 정도로 욕을 했다.

입 모양을 통해서 겨우 알아볼 정도였다.

"……"

이럴 때는 그저 조용히 입을 다물고 있어야 한다. 강경일은 경험을 통해 알고 있었다.

"헛짓거리 그만하고 들어오너라."

비록 전화기를 통해서였지만 찬바람이 쌩쌩 불었다. 찬바람 때문이었을까.

부르르.

강경일이 한차례 몸을 떨었다. 그러나 아직 끝난 것이 아니었다. 곧이어 정진용에게서 전화가 걸려왔다.

"뉴스는 봤다."

"형……."

"내가 비록 네 친형은 아니지만 지금까지 정말 친한 동생이라 생각하고 지원을 아끼지 않았다는 거, 너도 잘 알 거다."

"마, 맞아."

강경일은 그저 고개를 끄덕일 수밖에 없었다. 이제 자신이 기댈 곳은 정진용밖에 없다. 아버지도 국회의원에 떨어지면서 끈 떨어진 연 신세가 되어버렸다.

"이미 계약할 곳, 다 잡아놨으니까. 이번 업데이트 버전은 기대 그 이상이어야 할 거야."

"그, 그래. 기대해. 다들 놀랄 거야."

강경일의 목소리에는 자신이 없었다. 지금 이 순간에도 스티브와 팀원들이 회사에서 개발에 매진하고 있었지만 불안했다.

'FixBugs 말도 안 되는 새끼들, 분명 짜고 치는 고스톱일 거야. 그럴 리가 없어.'

전화를 받고 있는 강경일의 머릿속에 그날의 일이 떠올랐다. 그 자리에서 프로그램을 디컴파일하고, 버그를 수정하여 정상 작동 시켰던 그때의 일이 머릿속에서 떠나가질 않았다.

"그래야 할 거야. 지금 뉴스에서 나오는 것처럼 되지 않으려면 말이야."

정진용이 말을 하는 순간 방송사에서 한 줄의 자막이 흘러나왔다.

—강경철 전직 국토부 장관 추후 거처 미정. 신누리당 표밭을 빼앗긴 것에 대한 책임 추궁 예정.

강경일도 충분히 알고 있는 내용이었다.

반면 기쁨을 감추지 못하고 있는 쪽도 있었다. 전화기를 통해 들려오는 목소리에 즐거움이 가득했다.

"형님, 감사합니다. 정말 감사합니다."

"뭘 네가 나를 도와준 것에 비하면 아직 부족하다."

용호의 목소리는 부드러웠다.

"아닙니다. 정말 형님이 없었다면… 힘들었을 겁니다. 아버님도 무척 고맙게 생각하고 계십니다."

"공짜로 한 것도 아니고 다 돈 받고 한 건데, 데이브가 나중에 양맥이나 한잔 사라고 하더라."

양맥이라는 말에 나대방이 한바탕 웃음을 토해냈다. 그렇게 웃고 나자 예전 분위기로 돌아온 듯 보였다.

"형님, 한국 들어오시면 한 번 인사라도 하시죠. 저희 아버지가 그리 힘없는 분이 아닙니다. 그리고 나중에 혹시 또 도움을 받아야 할 일이 생길지도 모르고요."

"그래, 그러자. 한국 들어가면 한번 찾아뵙겠다고 전해 드려라."

"네, 그럼 들어가세요."

전화를 끊은 용호도 기분이 좋은 듯 연신 웃음을 흘렸다. 창밖에 내린 짙은 어둠에도 전혀 외롭지가 않았다.

축하할 일은 한 가지가 아니었다. 한차례 일이 마무리되자 이곳저곳에서 경사스러운 일이 연달아 일어났다.

"그렇게 됐다."

데이브가 제시의 손을 꼭 붙잡고 있었다. 싱글벙글한 것이 얼마나 기분이 좋은지 능히 알 수 있었다.

제시 역시 마찬가지였다. 데이브가 잡고 있는 손을 제시도 힘주어 잡고 있었다.

데이브의 말이 끝나자 제시가 말을 이었다.

"결혼식은 근처 교회에서 할 것 같은데 다들 와줄 거지?"

차가운 표정이었지만 카스퍼스키가 고개를 끄덕였다. 그 모습에 데이브가 투덜거렸다.

"뭐냐? 너는 청첩장도 없어. 오기는 무슨."

아직 케케묵은 감정이 다 해결되지 않은 듯 보였다. 제시가 소리가 나도록 데이브의 등을 두드렸다.

"너는 꼭 이런 날에 그딴 소리나 해야겠어!"

그러고는 가방에서 청첩장을 꺼내 돌렸다. 그 속에는 물론 카스퍼스키의 것도 있었다.

"얘가 겉모습은 어른인데 정신이 어린이라 네가 이해 좀 해 줘."

제시가 어색한 웃음을 지으며 말했다.

"알고 있다."

카스퍼스키가 가만히 고개를 끄덕이며 답했다.

빠직.

그래도 남편이라고 두둔하는 건지 제시의 이마에 살짝 힘줄 이 돋아났다가 사라졌다.

뒤에서 지켜보던 용호가 한마디 던졌다.

"축하한다. 그리고 잘 살아야 돼, 꼭."

하늘에서도 환한 햇살이 내리쬐고 있었다. 우기가 지나고 실리콘밸리에도 따뜻한 햇님이 찾아오고 있었다.

Chapter 9
실리콘밸리의 한국인

100여 명이 들어가면 꽉 찰 듯 한 교회.

그 안에서 결혼식이 한창이었다. 결혼식의 주인공으로 보이는 아름다운 남녀 한 쌍이 서로를 마주 보고 서 있었다.

"데이브."

"제시."

서로가 서로의 이름을 조용히 읊조렸다. 이름을 부르는 것도 아까울 정도로 상대를 아끼는 마음이 어투에서부터 묻어나왔다.

"행복하게 해줄게."

"……."

데이브의 애정이 듬뿍 담긴 말에 제시의 눈가도 촉촉해졌다.

교회의 성스러운 분위기가 둘 사이를 휘감아 돌았다.

눈을 제대로 뜨지 못할 만큼 눈부셨다.

순백의 드레스를 입은 제시와 짙은 검정색 턱시도를 입은 데이브에게서 눈을 부시게 만드는 오오라가 뿜어져 나오는 듯 보였다.

"예쁘네."

용호의 중얼거림을 들었는지 옆에 서 있던 카스퍼스키도 고개를 끄덕였다. 여전히 얼음장같이 차가운 표정, 순간 용호는 이 친구가 연애나 할 수 있을지 걱정스러웠다.

"너는 연애 안 하냐?"

"나보다는 네가 급한 것 같다."

"야, 아니야. 나는 말이야……."

용호가 말을 하다 멈추었다. 결혼식 장 한편에 앉아 있던 유소현과 눈이 마주쳤다. 그저 멋쩍은 웃음을 지을 수밖에 없었다. 유소현도 마찬가지였는지 어색하게 웃으며 살짝 손을 흔들어 보였다.

"나는 못 하는 게 아니라 안 하는 거지."

용호의 말에 카스퍼스키가 코웃음을 쳤다. 그리고는 조용히 한마디 내뱉었다.

"б л е ф."

"너, 뭐, 뭐라 그랬어."

용호는 직감적으로 느꼈다. 그리 좋은 말이 아니었다.

блеф.

러시아 말을 한국말로 번역하면 허세였다.

"뭐라 그랬냐니까."

카스퍼스키가 식장 밖으로 나갈 때까지 용호는 카스퍼스키를 쫓아다녔다.

'행복해야 돼.'

결혼식장 맨 뒤에서 제프는 팔짱을 낀 채 그 둘을 보고 있었다. 제시의 환하게 웃고 있는 모습이 가슴을 울렸다. 저 자리에 서 있는 사람이 자신일 수도 있다는 생각에 더욱 아쉬움이 밀려왔다.

계속 보고 있다가는 주례 앞에 서 있는 두 명에게 뛰어들어갈 것만 같았다. 제프는 애써 고개를 돌렸다.

"신랑, 신부에게 키스하셔도 좋습니다."

제프가 고개를 돌린 순간 마주 보고 있던 제시와 데이브의 입술이 가까워졌다. 주례를 보던 목사가 마지막으로 둘의 결혼을 인정했다.

눈부시게 햇살이 내리쬐는 5월의 어느 날 일어난 이야기였다.

          *   *   *

제시와 데이브 단둘이 빠졌을 뿐이다.

"회사가 조용하네."

회사가 너무 조용하고 한가하게만 느껴졌다. 아마 회사에서 가장 많은 대화를 나누는 상대 중 둘이 빠져 나간 탓이리라.

"그나저나 내 험담을 하고 다녔단 말이지⋯⋯."

용호는 얼마 전 회사를 찾아온 방응용에게서 많은 이야기를 들을 수 있었다.

KSN에서 강경일이 어떤 일을 하고 있었는지 낱낱이 듣게 되었다. 심증으로만 가지고 있던 의심이 현실이 되는 순간이었다.

"이걸 어떻게 한다."

어쩐지 갑자기 뒷말이 도는 것이 이상하다고 생각했다. 몇 번 참가하지도 않았던 KSN 모임이었다. 그리 아는 사람도 없었고, 뒷말이 돌 만한 행동을 한 적도 없다.

그럼에도 자신을 모함했다.

"하여간 참 미친놈들이 많아⋯⋯."

어디를 가나 있었다. 타인의 성공을 배 아파하고, 밟고 올라서야 성취감을 느끼는 부류들이 있었다.

다시는 가지 않으려 했다. 그럴 필요성도 느끼지 못했고, 딱히 얻을 것도 없었다. 그러나 험담을 하고 다니는 인간을 그대로 두고 볼 수도 없었다. 어쩌면 자신이 하고 있는 사업과 연관이 있을지도 몰랐다. 우연인지 필연인지 강경일이 영위하고 있는 사업이 자신과 정확하게 일치했다.

'저놈이 내 험담을 하고 다녔단 말이지.'

슬쩍 고개를 들어 모임이 벌어지고 있는 연회장 한쪽을 바라보았다. 그곳에서 강경일이 사람들과 웃음꽃을 피우며 이야기를 나누고 있었다.

'그냥 후드려 패고 싶네.'

용호는 주먹에 힘이 들어가는 것을 애써 참았다. 성질 같아서는 당장이라도 멱살잡이를 하고 싶었지만 그래서는 안 된다.

'어떻게 해야 할까……'

강경일을 보는 용호의 시선이 복잡 미묘했다.

강경일이 사람들에게 둘러싸여 축하 인사를 받고 있었다. 곧 있으면 강경일의 현재 가지고 있는 솔루션의 업데이트 버전이 출시된다는 기사가 나온 직후였다.

"강 사장, 축하합니다."

"이제부터 시작이죠 뭐, 앞으로도 잘 부탁드립니다."

"걱정하지 마십시오. 같은 한국인끼리 도와야죠."

"감사합니다."

강경일이 만면에 웃음을 띤 채 사람들에게 인사를 나누었다.

"강 사장님이 만드시는 솔루션이야 워낙에 출중하니 저희가 할 일이 거의 없을 듯합니다."

이야기를 들어보면 서로의 얼굴에 금칠하기에 바빴다.

"아, 그리고 혹시 법조계에 계신 분 안 계시나요? 회사 일로 조언을 구할 일이 있어서……."

웃고 있던 강경일의 표정이 어두워졌다.

"그래요? KSN 모임에도 계시는 걸로 알고 있는데……."

말을 하던 남자가 주변을 두리번거렸다. 순간 한 남자와 눈이 마주치고는 손을 들었다.

"어이, 박 변호사."

강경일이 목이 타는지 들고 있던 음료를 한 방울도 남기지 않고 비워냈다.

마크의 강경한 목소리에 스티브도 당황한 듯했다.

"진짜 이건 아닙니다!"

"지금 개발 막바지라 그런 거 아냐."

마크가 자조적인 웃음을 흘렸다.

"하하, 개발 막바지라고요? 언제 아닌 적은 있었습니까? 계속 쪼이기만 하면 어떤 결과물이 나올지 정말 모르세요?"

"그래도 일정이라는 게 있지 않은가. 나라고 이렇게 시키고 싶어서 시키는 게 아냐."

스티브의 말에 마크가 고개를 절레절레 저었다.

"지금 야근 수당도 지급이 안 되고 있다는 사실 알고 있습니까?"

"그, 그거야 현재 회사의 사정이 어려우니… 이미 양해를 구한 사항이잖나."

"양해요? 갑자기 하는 통보가 양해입니까?"

마크는 화가 풀리지 않는 듯 거친 숨소리를 토해냈다. 그러고는 바로 며칠 전의 일을 떠올렸다.

몇몇 팀장급 주요 개발자들을 모아놓고 강경일이 통보식으로 말을 이어나갔다.

"아시다시피 현재 회사 사정이 그리 좋지가 않습니다."

용호와의 대결에서의 패배는 회사의 이미지 실추로 이어졌고 성장에 발목이 잡히는 계기가 되었다. 뚜렷한 해법이 나오지 않은 채 시간이 지날수록 회사가 가진 법인 통장의 잔고는 줄어들어만 갔다.

"그래서 말인데… 앞으로 야근 수당은 지급이 안 될 것 같습니다. 이를 부하 직원들에게 알리시고 만약 수긍하지 못하는 분이 있다면 퇴사 조치한다고 알려주십시오. 그리고 인정하시는 분에 한하여 각서를 받아주세요."

강경일은 한편에 놓인 한 무더기의 서류를 가리켰다. 야근 수당을 지급하지 않아도 문제가 없다는 각서가 쌓여 있었다.

"사장님!"

마크가 목청을 높였지만 이내 스티브에게 저지당했다.

"알겠습니다."

스티브는 기타 사족은 전혀 붙이지 않고 바로 수긍했다. 그런 스티브를 이해가 가지 않는다는 듯 마크가 노려보았다.

말을 하자마자 퇴사가 줄을 이었다.

"차라리 퇴사하겠습니다."

"저도 퇴사하겠습니다."

"저도……"

업데이트 버전 개발 막바지에 대규모 퇴사가 이어졌다. 그만큼 기존 개발자들에게 로드가 걸릴 수밖에 없었다.

핵심 개발자 중 한 명인 마크까지 퇴사라는 카드를 꺼내 들었다.

"자네까지 퇴사를 하겠다고 하면 어떻게 하나."

스티브가 마크를 말렸다. 마크까지 퇴사한다면 정말 프로젝트를 접어야 할 수도 있다. 자신도 핵심 개발자이긴 했지만 마크의 역할 역시 그에 못지않았다.

"도저히 이런 환경에서 일 못 하겠습니다."

마크가 한층 더 강경하게 말했다. 물러나지 않겠다는 의지가 스티브에게도 충분히 전달되었다.

"이번 버전만, 업데이트 버전만 완성되면 충분히 보상할 거야. 그러니 그때까지만 남아 있게. 이대로 떠난다면 다른 곳에 가기 힘들 수도 있어."

스티브는 교묘한 협박까지 섞어 마크를 설득했다. 스티브라면 충분히 자신에 대한 안 좋은 소문을 퍼뜨릴 수 있을 것이라 여겼다. 그런 구설수에 오른다는 것 자체가 커리어에 좋지 않았다.

"지금 협박하시는 겁니까?"

"같이 살자는 걸세. 조금만, 조금만 참아달라고 부탁하는 거야."

"개발이 완료될 때까지입니다. 그 후에도 변화가 없으면 그때는 정말… 끝입니다."

스티브도 지쳤는지 힘없이 고개를 끄덕일 뿐이었다.

퇴사자가 생겼지만 개발을 멈출 수는 없다. 일은 분산되었고 일정의 압박은 더해 다.

그럴수록 강경일의 짜증과 분노도 줄어들 기미를 보이지 않았다.

"일주일이나 늦추자는 게 말이 됩니까?"

강경일도 차마 스티브에게 짜증을 낼 수 없었는지 실무자인 마크를 향해 소리쳤다.

그러나 마크도 지지 않았다. 아직 30대, 이곳 아니어도 갈 곳은 찾을 수 있다. 단지 이 정도의 대우를 해주는 곳이 없을 뿐이다.

"사장님께서 하신 조치 때문에 퇴사자들이 생겼습니다. 인원이 줄었으니 일정을 연기하는 게 당연한 거 아닙니까."

"참나, 뭐라고요? 처음부터 다섯 명이 할 수 있는 일인데 열 명에서 하고 있었다는 생각은 못 하는 겁니까? 지금 FixBugs의 총 인원이 몇 명인지는 아세요? 지금 그쪽 회사에 비해 배에 달하는 인원을 가지고 이런 성과물밖에 못 냈으면 부끄러운 줄 알아야지 말이야."

조용히 앉아 있던 스티브의 얼굴이 벌겋게 달아오르게 시작했다. 자신을 향해 직접 한 말은 아니지만 충분히 알아들었다.

"……"

강경일의 말에 마크도 조용해졌다.

"알아들었으면 나가서 일합시다. 일정은 하루도 못 늦춥니다. 인원이 적다는 말도 다시는 듣고 싶지 않습니다."

강경일은 일체의 여지도 남겨두지 않았다. 이미 자신도 막다른 골목길에 다다른 상태였다.

"이제 일주일 남았지?"

"네."

"기대하고 있으마."

바로 얼마 전에 강경일이 받았던 전화였다. 정진용은 길게 이야기하지 않았다.

그것이 그를 더욱 두렵게 느껴지도록 만들었다.

*　　　*　　　*

방응용으로부터 말을 듣기 전까지 이렇게까지는 하지 않으려 했다. 그 이야기를 듣고 나서 생각이 변했다.

하나라도 더 많은 버그를 찾기 위해 눈에 불을 켜고 달려들었다.

"이게 뭐야, 버그가 더 많아졌잖아?"

용호는 놀랄 수밖에 없었다. 업데이트된 FindBugs 툴에는 다양한 기능이 있었지만 오히려 안정성은 더욱 떨어졌다.

더 많은 버그가 용호의 버그 창에 나타나 있었다.

"이렇게 해서 프로그램이 돌아가려나."

그중에는 OOM(Out of Memory)같은 치명적인 버그도 있었다. 분석 대상이 되는 코드의 양이 일정 수준 넘어가면 OOM이 발생하며 프로그램이 죽어버리는 것이다.

"완전 마구잡이로 만들었구먼."

이미 FixBugs는 용호의 손이 필요하지 않을 정도로 호조세를 보이고 있었다.

이대로라면 매출 300억을 달성하는 것도 그리 멀지 않았다. 그전에 실리콘밸리의 물을 흐리는 미꾸라지 한 마리를 잡아야 했다.

용호는 버그 창에 보이는 대부분의 버그들을 엑셀에 정리했다.

"이 정도면 충분히 수집한 건가."

용호가 보고 있는 엑셀에 수십 종의 버그들이 정리되어 있었다. 그중에는 실시간으로 수정을 하는지, 보고 있는 중에 수정되는 버그도 있었다.

"그래도 소용없어, 이것들아."

고쳐지는 것만큼 군데군데 또다시 자잘한 버그들이 발생했다.

"이걸 어떻게 한다……."

버그는 모을 만큼 모았다. 이제 이걸 어떻게 처리하느냐가 문제다.

*   *   *

처음 KSN 모임에 갔을 때 아는 사람은 단 한 명도 없었다. 호텔의 하드웨어에 올라가 있는 소프트웨어를 고치도 나서부터 모임에도 조금씩 변화가 찾아왔다.

이런저런 이유로 용호에게 다가오는 사람이 한두 명씩 생기기 시작한 것이다.

나사의 일을 해결해 주고 난 뒤로는 방응용에게서 모임 전 먼저 연락이 올 정도였다.

"오늘 오실 겁니까?"

"아, 오늘은 갈 것 같아요."

용호가 간다고 하면 방응용도 모임에 나왔다. 용호가 오지 않으면 방응용도 모임에 잘 참석하지 않았다.

"강경일 사장님 근처에는 항상 사람이 많네요."

"그러게 말입니다. 저도 사실 잘 이해는 가지 않았어요. 왜 저렇게들 모이는지… 그리고 이상하게 주변에 모이는 사람들의 특징이 있더라고요."

옆에 서 있던 방응용도 강경일 무리가 있는 쪽을 쳐다보았다. 딱히 기술이 있는 것도 아니었다. 있는 거라고 아버지가 전직 국토부 장관이라는 것 하나, 본인 스스로가 내세울 만한 일이 없었다.

그나마 사장을 하고 있는 것도 그런 인맥을 이용한 것이라는 소문이 파다했다.

"특징이요?"

"몇 번 더 나와보면 아시겠지만 기술자들이 아니라 주로 투자자나 관리자? 그런 쪽 일을 하시는 분들이 많아요."

실리콘밸리라고 하면 기술자들의 천국이라 할 수 있다. 그랬기에 모임에도 기술자들이 태반이다. 그런 사람들은 강경일과 거리를 두고 있었다.

방웅용이 그 대표적 인물이라 할 수 있었다. 강경일이 먼저 다가와 말을 거는 걸 막지는 않았지만 먼저 다가가지는 않았다.

"그렇군요……."

뭔가 이해가 된다는 듯 용호가 고개를 끄덕였다.

강경일이 사람 좋은 미소를 지어 보이며 와인 잔을 손에 들고 있었다.

"이번에 나온 제품 성능이 아주 좋다고 이곳저곳에서 난리가 났습니다."

"하하, 감사합니다. 뭐, 다 저희 회사 개발자들이 노력해 준 덕분입니다."

"이런 사장님이 계신 회사라니… 근무하시는 개발자분들은 아주 좋겠습니다."

픕.

용호도 그리 멀지 않은 곳에서 그 이야기를 듣고 있었다. 용호는 남자의 말에 자신도 모르게 먹고 있던 음료를 뿜어내며 실소를 흘렸다.

그리 크지 않은 소리였음에도 워낙에 모임 장소가 조용해서일까. 사람들의 시선이 용호에게로 쏠렸다.

"괘, 괜찮으세요?"

방웅용이 염려 가득한 목소리로 물었다.

"아, 네. 네."

용호가 손사래를 치며 주머니에 있던 수건을 꺼내 입가를 닦았다.

"하여간 쯧쯧."

순간 용호의 귀에 혀를 차는 강경일의 말소리가 들렸다. 마침 잘됐다 싶었다. 대화를 나눌 기회만을 엿보고 있었다.

그 기회가 생긴 것이다.

흘러내린 음료를 모두 닦은 용호가 말을 이었다.

"괜찮습니다. 너무 재밌는 이야기를 들어서 저도 모르게."

"네?"

"얼마 전에 저희 회사로 몇몇 사람들이 입사 지원서를 냈더라고요. 살펴보니 강경일 사장님이 경영하시는 회사를 다니던 사람들이었습니다."

"아……."

방웅용이 탄성을 내뱉었다. 말을 하던 용호가 슬쩍 강경일 쪽을 바라보았다.

구겨진 얼굴에 유리잔이 부서질 듯 손에는 힘이 들어가 있었다.

"그런데 개발자들에게 좋은 회사라니, 재밌지 않습니까?"

누가 들어도 알 수 있을 만큼 명확했다.

명백한 도발.

분노에 치를 떨던 강경일 용호 쪽으로 다가왔다.

"어떤 개발자가 지원을 했다는 겁니까? 근래에 저희 쪽에는 퇴사한 인원이 없는데요?"

강경일이 얼굴색 하나 바꾸지 않은 채 거짓말을 늘어놓았다. 그러나 화가 난 표정만은 제대로 숨기지 못했다. 그 모습을 보는 것만으로도 고소했다.

"야근 수당을 지급받지 않겠다는 각서를 쓴 직원들 중에 세 명 정도? 그보다 더 많았나… 저보다 잘 아시는 분이 왜 이러실까."

능글거리는 말투가 상대방의 심사를 더욱 뒤틀리게 만들었다. 그러나 용호는 신경 쓰지 않았다. 어차피 자신이 먼저 건 싸움도 아니다.

시작했으면 끝을 볼 생각이었다.

아예 실리콘밸리에 발도 붙이지 못할 정도로.

쾅.

사무실에 들어선 강경일이 가장 먼저 한 일은 책상을 발로 차는 것이었다. 분노를 표출하는 방법 중 가장 단순한 것이 사물을 깨부수는 것이다.

가장 원초적이고 폭력적인 방법, 현재 강경일이 그러고 있었다.

"찾았어요?"

"네. 몇 건 찾긴 했는데……."

"찾았으면 말을 해야지 뭐하고 있는 겁니까."

"확실치가 않아서 좀 더 확인을 한 후에 보고하려 했습니다."

"언제까지 확인만 할 겁니까!"

강경일의 말에 스티브가 문서 한 장을 내밀었다.

FixBugs Solution Bug Report.

보고서의 이름이었다.

강경일이 생각하는 자사의 제품을 홍보하는 가장 좋은 방법은 타사의 제품을 깎아내리는 것이었다.

자사의 솔루션으로 타사 제품인 FixBugs 솔루션의 버그를 찾아내 성능의 우수함을 홍보할 생각이었다.

"마케팅팀에 넘겨요."

용호의 빈정거림 때문일까.

마케팅 시점이 한층 앞당겨졌다.

*　　　*　　　*

삐까번쩍한 손목시계가 사람들의 시선을 끌어 모았다. 구두와 정장, 하나같이 명품이 아닌 옷이 없었다.

에이스 벤처스.

현재 실리콘밸리에서 제일 잘나간다고 할 수 있는 벤처 캐피털 중 하나였다.

투자, 성장 그리고 IPO에서 자금 회수까지, 가장 많은 실적을 내고 있었다.

한화로만 1조 원가량의 자금을 보유한 곳.

그곳에 강경일이 순번을 기다리고 있었다.

"들어오세요."

강경일이 긴장된 기색을 감추지 못하고 회의실로 들어갔다.

스크린에 떠 있는 도표가 나타내는 바는 하나였다.

비용 대비 효율.

거기에서 강경일 쪽이 월등한 우위에 있다. 도표가 가장 강조하고 있는 부분이었다.

더구나 강경일이 보유한 솔루션으로 용호의 FixBugs에서 버그를 찾아낸 결과들이 화면에 떠 있었다.

"이게 정말 사실이라면 투자 가치가 있기는 한데… 사실입니까? 한번 볼 수 있어요?"

"물론입니다."

강경일이 관리자 계정으로 솔루션에 접속하여 자사의 솔루선을 시연해 보였다.

"인상적이긴 합니다. 저희도 관련 솔루션에 몇 번 투자를 하려고 했으나 번번이 거절당해 아쉬운 참이었는데… 일단 한 번 검토해보겠습니다."

그 말에 강경일이 내심 미소를 감추지 못했다. 이 정도만 해도 긍정적인 반응이었다.

이번에 투자를 받게 된다면 자본금이 마르고 있는 회사에 풍부한 비가 내리는 것과 같았다. 그렇게만 된다면 정진용의 인정을 받을 수 있을 것이다. 이는 자동적으로 아버지께 인정받는 것과 동일했다.

'우리'는 모두 이어져 있으니까.

투자에는 몇 가지 단계가 존재했다.

Preseed Money.

Seed Money.

Series A, B. C

대부분 이렇게 다섯 단계로 나뉜다. 아이디어만이 존재하는 단계에서 실제 매출이 발생하고 기업 공개까지 진행할 수 있는 단계로 점점 발전해 가는 것이다.

이 중 강경일이 받은 투자 단계는 Series A.

회사의 서비스가 시장에서 어느 정도 가능성을 가질 것이라는 전망이 있을 때 받는 투자였다.

투자 금액은 다양했다.

100만 달러에서 2,000만 달러까지.

강경일이 받은 투자 금액은 근 1,000만 달러에 달했다. 거기에는 스티브의 힘도 한몫했다.

"투자도 받았겠다. 더 공격적으로 마케팅을 해봅시다."

그러나 강경일의 그러한 경영 방침은 시작도 전에 반대에 부딪쳤다.

"그전에 프로그래머들부터 먼저 뽑아야 합니다."

스티브가 조용히 있자 마크가 나서서 말했다. 스티브는 이제 자신이 할 일은 다했다는 듯, 한 발 물러나 있었다.

"개발자야 충분하지 않습니까. 제가 말하지 않았나요? 이제야 FixBugs의 개발자 수와 비슷해졌다고. 지금 스스로가 그쪽보다 실력이 떨어진다고 말하는 겁니까?"

강경일은 계속해서 자존심을 긁어내렸다.

"실력이 떨어지면 떨어진다고 명확하게 말해주세요. 처음 들었을 때처럼 거기보다 실력이 좋다면 오히려 지금보다 더 사람을 줄여야 하니까."

마크가 처음 이 회사에 올 때 했던 말이 있었다. FixBugs를 경쟁사로 보고 있던 강경일이 단순하게 물었다.

"FixBugs에 있는 개발자들보다 잘합니까?"
"물론이죠."

마크 역시 승부욕이라면 남 못지않다. 그리고 용호를 제외하면 그들과 실력이 크게 차이 날 것 같지 않았다. 오히려 자신이 더 잘한다고 생각했다.

그때의 그 말이 발목을 잡았다.

"그럼 그 이야기는 없던 걸로 하고, 마케팅 어떻게 진행할지 말해보세요."

투자를 받게 된 강경일의 표정은 한층 밝아져 있었다. 그리고 마치 '자신의 말이 법이다'라는 식의 태도도 함께 강해졌다.

*   *   *

회사의 재무제표를 확인한 용호는 아무 말도 하지 못했다. 글자들이 의미를 가지고 머릿속에 들어오지 않았다.

마치 그림을 보고 있는 듯했다.

"······."

회사 분기 실적 보고를 듣고 있어도 제대로 귀에 들어오지 않았다.

'이래서 제프가 힘들었나······.'

왠지 제프의 고통이 느껴지는 것 같았다. 회사의 언어인 회계 쪽에 완전 문외한이었다.

지금부터라도 배우려니 쉽지 않았다. 차라리 그 시간에 프로그래밍 공부를 하는 게 나을 듯싶었다.

"사장님? 사장님?"

잠시 딴생각을 하는 용호를 유소현이 불렀다.

"아, 듣고 있어요."

유소현은 직원과 사장의 관계를 철저하게 지켰다. 무슨 마음을 먹었는지 절대 그 선을 넘지 않았다.

"정말 투자는 안 받을 겁니까, 사장님?"

그래서인지 꼭 '사장님'을 말할 때마다 붙였다.

"투자를 받아서 생길 이점이 없으니까요."

"얻을 수 있는 건 돈뿐만이 아닙니다. 그 수많은 벤처 캐피털들이 그간 회사를 키워본 경험과 실리콘밸리에 그들이 가지고 있는 인프라를 사용할 수 있는 겁니다."

"아직 그런 거 없이도 회사 운영에 문제가 없지 않나요?"

"지금이야 그렇지만 앞으로 더 발전을 하려면……."

유소현이 아쉬운 표정으로 말을 줄였다.

"제프도 그렇고 근래 투자에 대한 말들이 많네요."

유소현만이 아니었다. 제프도 투자를 권했다. 하지만 용호는 경영상에 간섭을 받고 싶지 않다며 투자를 거부했다.

그러자 계속해서 조건을 낮춰가며 투자를 하겠다는 사람들이 나타났다.

지분의 10%라도 괜찮다며 투자를 하겠다는 투자자에서부터, 경영 간섭을 일절 하지 않겠다는 조건이 달린 계약서를 들고 찾아오는 투자자도 있었다.

그 모든 제안을 거절했다.

"투자를 받는 것 자체가 힘이 됩니다. 쿠글에서 투자한 회사라는 타이틀이 어떤 의미를 가지는지 이제 사장님도 충분히 아시잖아요."

그러고는 유소현이 앞에 놓여 있던 태블릿을 용호쪽으로 돌려 뉴스 기사 하나를 보여줬다.

—FindBugs Series A 투자 진행. 투자 금액만 천만 달러

"이렇게 어부지리를 취하는 사람도 있고 말이죠."

기사 속에서 강경일은 잇몸까지 드러낸 채 환하게 웃음 짓고 있었다.

"아마 저희라면 더 큰 금액을 받을 수 있을 겁니다. 투자도 A가 아닌 B 라운드로 받을 테고요. 그리고 이것도 좀 보세요."

유소현이 보여준 뉴스는 약과에 불과했다. 에이스 벤처스에서도 지원사격을 하는지 엄청난 양의 기사들이 올라와 있었다.

그리고 그 기사들이 달고 있는 제목은 하나같이 비슷했다.

계약 체결.

계약 체결.

계약 체결.

무서운 기세로 B2B 계약을 체결하고 있었다. 과거 용호가 Find Bugs를 이겼던 일은 어느새 사람들의 기억 속에서 잊혀 있었다.

"이러다가 따라잡히겠어요."

유소현의 말에는 걱정이 가득했다. 그러나 용호는 여전히 기

사에서 눈을 떼지 못했다.

잇몸까지 드러내놓고 웃고 있는 강경일이 그렇게 얄미울 수가 없었다.

특히나 눈에 띄는 게 한 가지 있었다.

'금니까지 했네.'

부의 상징.

금으로 때워진 치아가 눈에 거슬렸다. 빛을 받아서인지 더욱 반짝거렸다.

"그러면 우리도 가격 경쟁력부터 갖춰보도록 하죠."

FindBugs에 비하면 근 두 배에 이르는 가격, 그것부터 조정할 필요가 있었다.

*   *   *

서비스 세분화.

현재 용호는 풀 패키지의 서비스만을 제공하고 있었다. 그것이 타사보다 가격이 높은 주 원인 중 하나였다.

그리고 일반 사용자들이 쉽사리 접근하기 힘든 이유이기도 했다.

디컴파일 모듈.

버그 분석 모듈.

버그 해결 모듈.

서비스는 총 세 가지 모듈로 솔루션이 구성되어 있었다. 세

가지 모듈은 각각의 모듈들이 서로 의존성을 가지고 있어 완벽하게 분리할 수가 없었다.

그래서 준비한 것이 이 모듈들을 각각 분리해서도 사용할 수 있게 만드는 것이다.

회사 대부분의 개발자들이 이 일에 투입되어 있었다. 용호 역시 가장 크게 신경을 쓰고 있는 부분이었다.

얼마 전 해당 서비스들을 모듈화할 수 있도록 개발이 완료되었다. 가격도 낮출 수가 있게 된 것이다.

다운한 가격은 FindBugs에서 제공하는 서비스와도 큰 차이를 보이지 않았다.

대부분의 구매자들이 원하는 것은 버그 분석기.

해결은 자사의 개발자들이 있으니 어떤 버그가 있는지 분석을 해주는 것만으로도 충분하다 여긴 듯 보였다.

버그 분석에 대한 성능만큼은 이미 입증된 상태였다. 이미 기존에도 버그 분석에 대한 가격을 낮춰주면 분석기만을 구매하겠다는 이용자들이 있었다.

그러한 이용자의 대부분은 큰돈을 사용할 수 없는 개인 사용자들이었고 용호 역시 그들을 주 타깃으로 생각하고 서비스를 출시한 것이다.

small 7$/month 5 project.
medium 12$/month 10 project.
……

그리 비싸지 않은 가격.

일반 소비자들을 상대로 서비스되는 상품의 가격이었다. FindBugs와도 큰 차이를 보이지 않았다.

서비스를 출시하고 뉴스를 확인한 용호는 스트레스를 받지 않기 위해 초콜릿을 하나 털어 넣었다.

"헐… 이놈들 봐라."

뉴스는 마치 자신에게 보란 듯 쓰여 있었다.

―FindBugs가 찾아낸 버그들

해당 제목을 달고 밑에는 '경쟁사 F'와의 성능 비교가 주요 내용이었다.

그리고 마지막에 나와 있는 자사 서비스 홍보가 더욱 기가 막혔다.

―small 7$/month 7 project.
―medium 12$/month 12 project.

용호가 제공하는 가격에서 큰 차이는 보이지 않았지만 분명하게 싼 가격이었다. 그사이에 가격을 내린 것이다.

"어처구니가 없구먼. 누가 이기나 해보자 이거지."

기사를 닫은 용호가 사람들을 불러 모았다.

＊　　　＊　　　＊

쨍그랑.

몇 개의 잔이 부딪치며 맑은 소리를 냈다. 자유로운 분위기의 한 편에서 회식이 벌어지고 있었다.

강경일의 입에서 호탕한 웃음소리가 연달아 튀어나왔다.

"제가 뭐라고 했습니까? 제 말대로 하면 된다고 했잖아요."

"하하, 저도 알고 있었습니다."

스티브도 옆에 앉아 강경일의 말에 동조했다. 함께 앉아 있던 마크만이 똥 씹은 표정을 감추지 못했다.

"앞으로도 저만 믿으세요. 그리고 이렇게 잘 해내실 거면서 지금까지 왜 그렇게 엄살을 피운 건지 참……."

마크에게 들으라고 한 말이었다. 기분 좋은 날이었기에 강경일도 그 이상 말 하지는 않았다.

"엄살이 아니라……."

마크가 한마디 대꾸하려는 것을 스티브가 막았다. 괜히 기분 좋은 날 분위기를 망칠까 싶어서였다.

"앞으로도 이렇게 개발에만 신경 써주면 됩니다. 인력 운용이나 기타 사항은 경영자인 저에게 맡겨두고 말이죠."

"맞습니다. 사장님."

스티브는 계속해서 맞장구를 쳤다. 이번에 받은 투자액만 천만 달러다. 앞으로 얼마나 더 큰 투자금이 들어올지 몰랐다.

본능적으로 느껴졌다. 자신에게도 일생일대의 기회가 찾아 오고 있었다.

강경일의 투자자 확보를 위한 행보는 에이스 벤처 캐피털로 끝나지 않았다. 그 뒤로도 여러 벤처 캐피털들을 돌아다니며 투자를 유치해 냈다.

이백만 달러, 오백만 달러 등등 받은 투자액만 도합 이천만 달러에 달했다.

이미 구체화된 서비스가 존재하고 해당 서비스가 실제로 소 비자들과 기업들에게 팔리고 있었기에 가능한 일이었다.

"나쁘지 않아. 이제야 좀 마음에 드는구나."

"다 형이 도와준 덕분이지 뭐."

"아직 목표치에 도달한 건 아니니까, 항상 긴장 늦추지 말 고."

"알았어. 직원들에게도 강조할게."

정진용도 강경일이 내고 있는 성과가 흡족한 듯했다. 목소리 에서부터 만족감이 느껴졌다.

"그래. 지금처럼만 하면 된다. 문제는 지금과 반대일 때 생길 테니까 명심하고."

정진용도 결과에 흡족했는지 더 이상 사족을 붙이지 않았 다.

전화를 끊기도 전에 사무실로 비서가 들어왔다.

"사장님 PLDI(Programming Language Design and Implementation)에서 연락이 왔습니다."

기쁜 표정으로 들어온 비서를 강경일이 어리둥절한 표정으로 바라보았다.

"그게 어딘데?"

"네? 모르세요? PLDI?"

"내가 알아야 하나?"

순간 비서에게 연락을 받고 함께 들어서던 스티브와 마크도 표정 관리를 하지 못했다.

일반 소프트웨어 회사의 사장이라면 모를 수도 있다. 그리고 몰라도 된다.

그러나 버그를 찾기 위해 소프트웨어를 분석하는 회사의 수장이라면 이름 정도는 들어 알고 있어야 하는 게 상식적인 일이었다.

"……"

"뭔데. 조용히 하고 있으면 어떻게 하나. 말을 해야지."

PLDI.

프로그래밍 언어 시스템 분야 최고 학회 중 하나였다. 프로그래밍 언어 관련 이야기를 할 때 빠지지 않는 곳이다.

소프트웨어를 분석하여 버그를 찾아내는 것 또한 PLDI 학회와 관련이 있었다.

그랬기에 세계 유수의 대학에서 진행되는 관련 연구들이 PLDI에 게재되는 것을 엄청난 영광으로 생각할 정도의 곳이었다.

그런 곳을 강경일은 전혀 모르고 있었다.

'프로그램 개발의 'P' 자에도 관심이 없구먼.'

마크의 생각은 한 치의 오차도 없이 정확하게 들어맞았다. 강경일의 관심사는 오로지 '돈' 한 가지밖에 없었다.

초대장은 강경일에게만 도착한 것이 아니었다. 현재 실리콘밸리에서 프로그램 분석 관련하여 1등 기업은 누가 뭐라 해도 FixBugs였다.

"도착했습니다."

용호는 이미 비서에게 언질을 해두었다. 그래서인지 도착하자마자 비서는 바로 초대장을 가져왔다.

"고마워요."

용호는 군이 볼 필요도 없는 초대장을 열어 보았다. 내용은 기대했던 그대로였다.

PLDI는 매년 세계 각지에서 열린다. 용호는 그곳에서 일종의 키노트 연사로 초청을 받은 것이다.

"나도 인맥이 꽤 있는 편이었어."

동원할 수 있는 인맥은 총동원했다.

방웅용은 대학원 시절 학회에 논문을 발표한 적이 있었다. 벨 연구소 역시 PLDI와 깊은 인연을 가지고 있었다.

쿠글 또한 빠지지 않았다. 용호는 그렇게 모든 인맥을 동원해 키노트의 발표자로 들어갈 수 있도록 힘을 썼다.

물론 인맥만으로 된 것은 아니었다.

"애초에 기술력이 없었다면 거절당했겠지."

용호는 초대장을 고이 접어 서랍에 넣었다.

"그럼 슬슬 준비해 볼까."

노트북 화면에 키노트에서 발표할 PPT가 띄워져 있었다.

개요에서부터 핵심 기술, 그리고 사례에서 경쟁사 비교까지, 그리 많지 않은 페이지였지만 알찬 내용으로 가득 차 있었다.

*   *   *

모임은 매주 주말마다 있었다. 참가할지 말지는 개인의 자유다. 그랬음에도 강경일은 매주 빠지지 않고 참석했다.

그런 열정 때문일까. 강경일은 그곳에서 터줏대감 역할을 했다.

그가 모르는 사람도, 그를 모르는 사람도 흔치 않았다.

"PLDI에서 초청장을 받으셨다면서요?"

"하하하 뭐, 별것 아닙니다. 그냥 학회에 연사로 나가는 것뿐인데요."

"그냥 학회라니요. PLDI면 세계적으로 유명한 곳 아닙니까."

PLDI라는 말에 강경일 주변으로 사람들이 더욱 모여들기 시작했다. 그중에는 강경일과 거리를 두고 있던 기술자들도 몇몇 있었다.

"PLDI요?"

용호와 대화를 하고 있던 방웅용도 이야기를 들었는지 관심을 보였다. 방웅용의 관심이 강경일의 콧대를 더욱 높게만 만들었다.

"방 연구원님도 아시는 곳인가 봐요. 나사에서 연구만 하시는 줄 알았는데."

"제가 아는 그곳이 맞다면, 거기가 그렇게 호락호락한 곳이 아닐 텐데."

자신이 연구했던 논문이 채택됐을 때가 한국인으로서 세 번째였다.

그 정도로 프로그래밍 관련 학회 중에서는 손에 꼽는 곳, 그런 곳에서 초청을 받았다는 사실이 놀랍기만 했다.

"하하, 저희 솔루션에 들어가 있는 기술도 그리 호락호락하지 않다는 것 아니겠습니까?"

주변의 칭찬 덕분일까. PLDI의 'P' 자도 몰랐던 강경일은 그저 좋기만 했다.

기분이 좋아진 강경일이 말을 이었다.

"오늘은 제가 쏠 테니 마음껏 드십시오."

그 말에 인상을 찌푸리는 사람들이 몇몇 있었다. 대부분이 용호의 주변에 있는 사람들이었다.

강경일에게 거리를 두고 있던 사람들 대부분이 용호의 주변에 모여 있었다. 결정적인 계기가 된 것은 호텔의 버그를 잡고난 뒤였다.

그렇게 모여든 사람들은 한 가지 특징이 있었다. 마치 유니폼처럼 운동화에 후드 티나 체크 남방을 입고 있었다.

정장을 차려 입고 나온 강경일 주변의 사람들과는 무척이나 대비되는 모습이었다.

"용호 씨 같은 사람이 거길 가야 되는데."

그들 중 한 명이 아쉬운 듯 중얼거렸다. 처음 용호에게 다가왔을 때는 경계 어린 눈초리가 가득했다. 버그를 해결했다는 것에 대한 호기심이 가득했지만 쉽게 물어보지 못했다.

그러던 것이 강경일과 대립각을 세우는 순간 빠르게 허물어졌다.

"PLDI가 그럴 리가 없는데……."

몇몇 사람도 믿기지가 않는 듯했다. 그들도 익히 알고 있는 듯 PLDI라는 이름을 낯설어하지 않았다.

사람들의 중얼거림에도 용호는 아무 말 하지 않았다. PLDI 자체가 그리 개방적인 학회는 아니다. 특별히 언론 공개도 하지 않는다.

알 사람만 아는 곳. 관심이 없다면 열리는지조차 모를 그런 곳이었다.

더구나 용호의 이름은 공식 사이트에도 나와 있지 않았다. 용호의 요청으로 TBD(To Be Decided)에 들어가 있었다.

즐거워 보이는 강경일에게 용호가 한 발 다가갔다.

"즐거우신가 봐요?"

찌릿.

마치 눈에서 광선이 쏘아져 나올 것 같았다. 오직 용호만이 느낄 수 있었다.

"하하, 우리 최고의 경쟁 상대인 용호 씨 아닙니까."

"기술력이 상당하신가 봅니다. 그렇게 많이 개발자를 자르고도 업데이트 버전을 출시하고, PLDI에서 초청까지 받으신 걸 보면."

빠득.

강경일이 자신도 모르게 이를 갈았다. 얼마 전부터 모임에 눈엣가시 같은 존재가 생겼다.

그것이 바로 용호였다. 사사건건 시비였다. 처음 야근 수당 어쩌고저쩌고하는 건 시작에 불과했다. 그 뒤로도 건수만 생기면 시비를 걸어왔다.

'이 새끼가 또.'

강경일은 화가 났지만 참았다. 보는 눈이 너무 많았다. 어느 것 하나 심기를 건드리지 않는 이야기가 없었기에 참는 일은 스트레스가 되어 쌓였다.

어떻게 알았는지 이야기 하나하나가 사실에 기반을 두고 있었기에 심사는 더욱 뒤틀렸다.

"저희 기술력이야 이미 업계에서 정평이 나 있으니까요. 용호 씨도 조금만 노력하면 될 겁니다. PLDI 같은 곳에서도 곧 불러 주겠지요."

"아, 그래서 저도 어제서야 최종 결정했습니다. 초청장이 왔기에 갈까 말까 고민하고 있었는데 강 사장님이 가신다니 저도 가야겠네요."

"……"

"그럼 컨퍼런스 당일 뵙겠습니다."

말을 마친 용호가 입가에 미소를 띠며 돌아섰다. 고소했다. 나대방이 한국으로 돌아가고 데이브까지 결혼하며 쓸쓸한 감이 있었다.

크게 몰입할 만한 일도 없기에 심심하기도 했다. 그러던 차 강경일은 어쩌면 삶의 활력소로 작용했다.

강경일을 몰아내는 데 집중하는 것이 즐거웠다. 과거 인맥도, 돈도, 권력도 없어 그저 당하기만 하던 시절과는 달랐다.

지금은 생각만 하면 대부분 그대로 판을 짤 수가 있었다.

그런 인맥이 생겼고, 능력을 가지게 되었다. 그래서인지 더욱 즐거웠다.

고소함.

마치 가을 전어의 고소함이 머릿속에 가득 퍼지는 듯했다. 용호는 뒤도 돌아보지 않고 그대로 연회장을 빠져나갔다.

굳이 보지 않아도 어떤 표정일지 충분히 알고 있기에.

＊   ＊   ＊

한 무리는 속으로 이를 갈고 있었다. 그리고 또 한 무리는 사이다를 마신 듯 시원하다는 표정으로 강경일을 보고 있었다.

'그렇게 잘난 척을 하더니 꼴좋다.'

강경일이 채용했던 직원이 모임에도 있었다. 사업을 시작했다며 사람을 뽑는다고 했다.

같은 한국인을 많이 채용할 생각이라며 모임에 공지를 통해 알려 왔다. 최종 합격까지 해서 한동안 일도 했다.

일하는 동안 보아온 광경은 가히 충격적이라 할 수 있었다.

한국에서 꼴 보기 싫은 모습들을 강경일의 회사에서 그대로 답습하고 있었다.

고압적인 태도.

경직된 사내 문화.

비상식적인 업무 지시.

야근의 일상화.

실리콘밸리로 오며 기대하던 모습이 아니었다.

자율적인 분위기와 커뮤니케이션, 여유 있는 생활은 눈 씻고 봐도 찾을 수가 없었다.

지금도 퇴사한 것이 다행이라 생각했다.

알아본 바에 의하면 강경일의 근처에 있는 사람들이 운영하는 회사도 크게 다르지 않았다. 그들이 운영하는 회사, 생각하는 사고 방식들은 여전히 한국에 머물러 있었다.

'하여간 끼리끼리 모인다더니.'

남자는 강경일의 주변에 모여 있는 사람들을 보며 혀를 찼다. 이야기하는 내용이나 행동하는 방식들이 어쩜 그리 똑같은지 이야기를 듣고 있는 내내 불편한 기색을 감추지 못했다.

강경일보다 그 옆에 있는 사람들이 더 난리였다.

"저, 저. 나이도 어린 사람이."

시작은 나이 타령이었다.

"하여간 근본 없는 것들이 예의도 없다고."

옆에 있던 그 누군가가 이어받아 조상 타령을 시작했다.

"알아보니 학벌도 선민대학교? 도대체 어디 붙어 있는 학교인지도 모를 곳을 나와서는 쯧쯧."

실리콘밸리까지 와서 학벌을 따지는 사람도 있었다. 실력이 아닌 배경과 학벌을 따지는 문화가 이곳에 살아 숨 쉬고 있었다.

"일일이 상대할 필요 있겠습니까."

강경일이 여유로운 척 답했다. 그러나 목이 타는지 계속해서 주변에 놓여 있는 잔을 들어 음료를 마셨다.

그러고는 용호가 나간 문 쪽을 뚫어져라 쳐다보았다.

밖으로 나온 용호는 입가를 비집고 나오는 웃음을 감추기 힘들었다.

"이게 끝이라고 생각하면 오산이지."

용호는 바로 택시를 잡아타고 사무실로 향했다. 강경일을 실리콘밸리에서 발도 못 붙이게 하기 위해서는 이 정도로 부족했다.

"아주 이곳을 쳐다보기도 싫게."

어둠이 내린 실리콘밸리 거리를 용호가 탄 택시가 질주했다.

PLDI 운영 위원회.

그곳에서도 한창 논란이 일고 있었다.

"이렇게까지 편의를 봐준 전례가 없는데… 너무 굽히고 들어가는 거 아닙니까?"

"자네도 두 눈으로 똑똑히 확인하지 않았나."

"물론 저도 확인이야 했지만……."

"그렇다면 이 정도 예우는 당연한 걸세."

"위원장님."

위원장이라 불린 남자는 하얗게 새어버린 덥수룩한 수염을 쓰다듬었다. 더 이상 같은 말을 반복하고 싶지 않다는 신호의 일종이었다.

"다음 안건으로 넘어가지, 이제 한 달 남았나?"

"…알겠습니다."

수긍할 수밖에 없었다. 어차피 한번 내뱉은 말을 다시 번복할 사람도 아니었다.

논란은 PLDI에서만 발생하고 있는 것이 아니었다.

"이제 와서 투자 받을 준비가 되었다고?"

"그렇다고 합니다. 완전 배짱입니다. 투자하고 싶으면 해라. 안 해도 상관없다."

말을 하던 남자도 어이가 없는지 잠시 뜸을 들이고는 말을 이었다.

"거기다 조건까지 달았습니다."

"조건?"

"FindBugs에 대한 투자 철회."

"…거참, 정말 똥배짱이구먼."

"그런데… 그게 꼭 억지를 쓰고 있다고만 보기 힘듭니다."

그러고는 한 장의 보고서를 내밀었다. 거기에는 투자한 기업의 현재 상황이 일목요연하게 정리되어 있었다.

종합 결과 COO(투자 유의)

겨우 적자를 면하고 있는 상태라는 뜻이었다. 보고서를 확인한 남자가 조용히 리포트를 내려놓았다.

그리고 탁자 위에 놓인 또 한 장의 리포트를 손에 집어 들었다.

A++(투자 요망).

"아직 일 년도 되지 않았으니 좀 더 기다려 볼 수도 있지 않은가."

"이렇게 생각해 볼 수도 있지 않겠습니까? 일 년밖에 안 됐는데도 이런 상태라니……."

어찌 되었든 결정을 해야 했다. 결코 쉽지 않은 결정이지만 미룰 수도 없었다.

FixBugs가 투자 요청을 하며 요구한 마지막 조건은 앞으로 한 달 안에 결정을 하라는 통보였다.

*　　　　*　　　　*

500.

죄송합니다.

서버 내부 오류로 서비스가 정지되었습니다.

잠시 후 다시 이용 부탁드립니다.

모니터를 보고 있던 남자가 오류를 확인하고 불평불만을 쏟아냈다.

"누가 만든 거야, 이거. 거지같이도 만들었네."

GetHub에 올려둔 프로젝트와 강경일이 론칭한 서비스를 연동하자 발생한 오류였다.

"걔네도 나름 고충이 있겠지."

"고충은 무슨… 버그를 고치겠다는 회사가 버그를 발생시키면 어쩌자는 거야."

남자가 다시 한번 연동을 시도해 보았다. 그러나 또다시 발생한 에러, 그렇게 몇 번을 시도하고 나서야 겨우 프로젝트가 연결되었다.

"이거 하다가 우리 프로젝트에 버그 생기는 건 아닌가 몰라."

"그래도 싸잖아. 평도 그렇게 안 나쁘고."

"그게 이상하단 말이야. 어떻게 그렇게 평가가 좋을 수가 있지? 누가 거짓말하고 있는 거 아냐?"

"에이, 설마."

대꾸를 해주던 남자도 의심스러웠지만 설마 그럴 리가 싶었다.

Find Bugs Tool의 구매 후기에는 칭찬밖에 없었다. 그것이 이상했지만 그러려니 하고 넘겼다.

하나씩 파고들기에는 지금 하고 있는 프로젝트를 완성하는 데도 시간이 부족했다.

강경일의 회사도 바쁘게 움직이고 있었다. 하루 24시간이 모자랄 정도로 시간이 부족했다.

"흠… 이상 없이 지웠습니까?"

"지금까지 모니터링한 바로는 평점 3점 이하는 한 건도 없습니다."

"잘하고 있어요. 꼭 그런 미꾸라지 한 마리가 물을 흐린다니까. 앞으로도 바로 삭제 조치하세요. 삭제했다고 불만을 제기하는 사람들은 말 새어나가지 않게 적당히 타이르고요."

"알겠습니다."

지금까지 평가된 자사 솔루션의 점수가 5점 만점에 4.5였다. 모두 철저한 관리를 통해 이뤄낸 결과였다.

그리고 그 점수를 바탕으로 더 많은 소비자를 끌어 모으고 있었다.

"하여간 기술 개발만 하면 다인 줄 안다니까. 이렇게 마사지 몇 번 받으면 순식간에 날아갈 수 있는 걸 모르고."

강경일의 옆에는 한 장의 보고서가 더 도착해 있었다.

매출 성장률에 초록불이 들어와 있었다. 에이스 벤처스와는 전혀 반대되는 결과가 강경일이 보고 있는 보고서를 한가득 메우고 있었다.

500.
죄송합니다.
서버 내부 오류로 서비스가 정지되었습니다.
잠시 후 다시 이용 부탁드립니다.

"또야?"

"진짜 이거 안 되겠네. 버그 잡을 시간 줄이려다가 이것 때문에 시간을 더 잡아먹겠어."

"그러게. 못 쓰겠네, 이거."

또 같은 에러가 화면을 가득 메우고 있었다. 내부에서 어떤 문제가 발생하고 있는지는 모를 일이다. 지금 이런 개발 환경을 설정하는 데 시간을 쏟을 만큼 여유가 없었다.

"지원 요청은 한 지가 언젠데 아직까지 연락도 없고⋯⋯."

불만이 단단히 쌓인 듯했다. 옆에서 함께 개발하던 남자가 즐겨찾기로 추가해 놓은 사이트 한 곳으로 접속했다.

"차라리 여기 쓰자. 한 달 무료라 그래서 가입해 봤는데 괜찮은 거 같아."

"그러는 게 낫겠어. 2불 아끼려다가 열불 나서 못 살겠다."

두 사람은 같은 사이트를 보고 있었다.

fixbugs.com

바로 용호 회사의 사이트였다.

따리리리리.

따리리리리리리.

마치 시장통을 방불케 했다. B2B만이 아닌 B2C 시장에 진출했을 때 당면할 수 있는 가장 큰 문제는 너무나 많은 유스 케이스다.

수많은 사용자들이 루틴화된 서비스 이용법이 아닌 너무나도 다양한 방법으로 서비스를 사용하기에 그만큼 에러가 발생할 확률도 높아진다.

그리고 그 결과가 바로 눈앞에 현실로 나타났다.

미친 듯이 울려 퍼지는 전화벨 소리에 직원들은 죽을 맛이었다.

"네, 고객님. 잠시만 기다려 주시면 담당자분과 연결시켜 드리겠습니다."

이윽고 개발자 한 명이 원격 연결을 통해 소비자의 컴퓨터로 접속했다.

"……"

이것저것 시도해 보던 개발자도 이상한지 고개를 갸웃거렸다.

분명 돼야 한다.

그러나 되지를 않고 있다.

하아…….

긴 한숨이 전화기를 통해 소비자에게까지 전달된 듯했다.

"안 되나요? 저희도 지금 빨리 개발해야 돼서 급한데……."

문의를 한 쪽도 개발자였다. 충분히 상대방의 고충을 이해할
수 있었다.

"죄, 죄송합니다, 고객님. 다시 확인한 후에 연락드리겠습니
다."

지금 당장 해결할 수 없었던 개발자가 서둘러 전화를 끊었
다. 어떤 문제임을 살펴볼 틈도 없이 바로 앞에 놓인 전화기가
또다시 알림 음을 토해냈다.

'…가망이 없어, 가망이.'

그 모습을 지켜보던 마크가 속으로 중얼거렸다.

*   *   *

PLDI 발표 당일.

용호는 가벼운 마음으로 행사장을 향해 출발했다.

행사가 열리는 곳은 산타 바바라.

실리콘밸리에서 LA쪽으로 비행기를 타고 가면 한 시간쯤 걸
리는 거리에 위치한 곳이다.

온화한 지중해성 기후 때문인지 고급 휴양지로 분류되는 곳
으로 부유층의 별장들도 즐비했다.

관광지도 많기에 그나마 친한 제임스와 함께하려 했으나 회

사 일로 바빠 짬을 내지 못했다.

그렇게 혼자 오게 된 이곳은 용호에게 휴양지가 아닌 일터였다.

학회 발표자들을 위한 대기실로 들어선 용호가 다시 한번 일정을 확인했다.

Track 1.
Find Bugs Tools 회사 및 핵심 알고리즘 소개(10:00—11:30).
Track 2.
소프트웨어 분석 프로그램에 대한 고찰(10:00—11:30).

'내 차례는 한 시간 정도 남았네.'

지금 시간이 아홉 시.

아직 한 시간 정도의 시간이 남아 있었다. Track 2를 발표할 용호가 첫 타임이어서 그런지 다른 트랙 발표자들은 도착하지 않았다. 용호는 한가한 대기실에서 초콜릿을 까먹으며 앉아 있었다.

'설마 안 오지는 않겠지.'

그러나 용호의 걱정은 걱정에 불과했다.

막 VIP 대기실로 강경일이 들어서고 있었다.

용호는 들어오는 문 정면에 앉아 있었다. 대기실로 들어서는 강경일과 눈이 마주치지 않을 수가 없었다.

그러냐 가장 먼저 인사한 건 뒤에서 함께 들어오던 스티브였다.

"이렇게 다시 보게 될지는 몰랐네."

스티브가 먼저 용호에게 다가와 손을 내밀었다. 성공할 거라는 생각은 하고 있었다. 하지만 이 정도는 아니었다.

"오랜만입니다. 같이 발표를 하러 오셨나 보죠?"

"내가 알고리즘 쪽을, 여기 사장님이 간략한 회사 소개를 하게 됐어. 자네는 처음 보지?"

스티브가 용호에게 강경일을 소개하려 했다. 한 걸음 뒤로 물러서며 용호에게 말을 건네려던 차, 용호가 먼저 손을 내밀었다.

"하하, 말씀드리지 않았습니까. 저도 이곳에 초대받았다고. 이제야 좀 믿는 표정이시네요."

"잘해보지."

강경일은 길게 말을 할 생각이 없어 보였다. 그러고는 용호가 내민 손을 굳이 잡지도 않았다.

용호가 개의치 않는다는 듯 여전히 웃으며 대답했다.

"이거 자꾸 후회하실 일만 하시니 제가 어찌해야 할 바를 모르겠네요."

"뭐? 뭐, 이 새……"

막 거친 말이 나오려는 대기실로 안내 요원이 들어섰다.

"트랙 1, 2 발표자분들 준비해 주세요."

안내 요원의 말에 용호가 한 걸음 앞으로 나서며 말했다.

"길막 전문이신가 봐요? 이렇게 또 제 앞길을 막고 있으니 쯧쯧."

용호가 고개를 저으며 바깥으로 걸어 나갔다. 강경일이 분노를 참지 못하고 귀까지 시뻘겋게 달아올랐다.

둘 사이의 대화는 모두 한국어로 진행되었다. 스티브로서는 알아들을 수 없는 말.

그저 가만히 고개를 끄덕이고 있을 수밖에 없었다.

『코더 이용호』 7권에 계속…